Klaus Brandenburg

Asphalt. Eine Feier

Erzählung

Klaus Brandenburg

Asphalt. Eine Feier

Erzählung

Impressum

Bibliografische Information der Deutschen Nationalbibliothek:
Die Deutsche Nationalbibliothek verzeichnet diese Publikation in der Deutschen Nationalbibliografie; detaillierte bibliografische Daten sind im Internet über http://dnb.dnb.de abrufbar.

© 2024 Klaus Brandenburg
www.klausbrandenburg.info

Herstellung und Verlag:
BoD – Books on Demand, Norderstedt

ISBN 9783758327766

Ein Skandal

Monsieur Legrand griff nach dem feinen Bronzeglöckchen und schüttelte es leicht. Die Damen und Herren in dem Festsaal verstummten und schauten auf das Podium. „Mesdames et Messieurs, ich eröffnet unsere außergewöhnliche Tagung, um unseren hochver…"

Er wurde jäh unterbrochen. „Das dürfen Sie nicht!"

Monsieur Legrand blickte verwirrt ins Auditorium, dann neben sich. An dem festlich mit Blumengirlanden geschmückten Tisch saßen weitere Mitglieder des Vorstandes. Und sie alle blickten weg vom Redner am Pult, hin zum Assistenten von Madame de Maizière. Das musste ein Versehen sein. Monsieur Legrand wendete sich wieder dem erlesen Publikum zu. „Wir haben uns hier versammelt, um heute …"

Wieder die Unterbrechung! Legrand wusste nun, dass er sich nicht verhört hatte und dass diese Unbotmäßigkeit von dem jungen Mann kam. „Unterbrechen Sie mich gefälligst nicht!" fauchte er in dessen Richtung, wendete sich wiederum seinem Publikum zu. Aber der junge Mann ließ sich nicht zur Ordnung rufen. Er sprach einfach in die Begrüßungsworte des stellvertretenden Vorsitzenden hinein. „Die Eröffnung der Versammlung, sei es eine ordentliche oder eine außerordentliche, obliegt der Vorsitzenden. Sie dürfen diese Versammlung nicht eröffnen."

Monsieur Legrand war fassungslos. Wie konnte dieser Kommis, dieser Schnösel ihm ins Wort fallen?! Mit entrüsteter Stimme: „Wie Sie sehen, ist Madame de Maizière nicht anwesend. Folglich obliegt es mir, die Versammlung zu eröffnen." Und etwas leiser, jetzt schon zornbebend: „Wenn Sie mich noch einmal zu unterbrechen wagen, lassen ich Sie durch die Saaldiener hinausexpedieren." Sprach's und wendete sich entschlossen erneut dem Publikum zu.

Aber dieser Assistent, dieser Zugehbursche, dieser unverschämte Bengel redete schon wieder, hinein in das Luftholen des stellvertretenden Vorsitzenden. „Nur bei Abwesenheit der Vorsitzenden ist einer ihrer Stellvertreter befugt, Handlungen im Interesse des Vereins vorzunehmen. Aus diesem…"

Jetzt explodierte Monsieur Legrand. Er schrie in die Richtung dieses Revoluzzers: „Madame de Maizière ist nicht anwesend. Ich, ich eröffne die Versammlung!"

Das Publikum war hingerissen. Es war zu einem Festakt eingeladen worden, war auf erbauliche Worte eingestellt, hoffte auf ein ansehnliches Buffet und wollte sehen und gesehen werden. Aber dass der geplante Festakt mit einem Skandal begann, erfreute das Publikum insgeheim. Natürlich war der Bursche impertinent, aber er sah hinreißend aus und ließ sich nicht einschüchtern, was immer auch die Folgen seines Widerspruchs sein werden. Und tatsächlich sprach dieser junge Mann, widersprach erneut: „Es ist sechs Minuten nach sechszehn Uhr. Es ist bei uns üblich, das akademische Viertel abzuwarten." Und dann erläuterte er, völlig überflüssigerweise: „Dieses Verfahren hat sich herausgebildet, da es immer wieder vorgekommen ist, dass Mitglieder der Fédération aus den verschiedensten Gründen nicht pünktlich zum Beginn unserer Veranstaltungen und Treffen anwesend sein konnten. Und um jedem, aber eben auch einen zu spät Eintreffenden am Vereinsleben teilhaben zu lassen, wurde beschlossen, das akademische Viertel abzuwarten. Diese Praxis…"

„Sie müssen mich nicht über die Praxis der FPF belehren, Sie nicht! Ich selbst habe diesen Vorschlag seinerzeit eingebracht und er fand das Wohlwollen aller Beteiligten. Heute aber ist es angezeigt," und damit wendete er sich seinem Publikum zu, „pünktlich zu beginnen. Meine Damen und Herren, auf unserer Einladung stand sechszehn Uhr und nichts von c.t. Es versteht sich folglich, dass wir Sie nicht warten lassen können, bis unsere Vereinsvorsitzende, aus welchem Grund auch immer Sie heute hier nicht anwesend sein kann, eintrifft, ja, vielleicht gar nicht eintreffen kann. Wir alle schätzen Mme. de Maizière, aber…" mit einem Schmunzeln, „die Welt dreht sich und dreht sich. Der Fortschritt nimmt keine Rücksicht. Und wir haben heute einen besonderen Grund, den Fortschritt…"

Und wieder der Einspruch des Opponenten. Jetzt riss dem stellvertretenden Vorsitzenden der Geduldsfaden, jetzt konnte auch nicht mehr auf die festliche Stimmung Rücksicht genommen werden. „Schweigen Sie! Sie impertinenter Lümmel!" Und in die Richtung der Saaltüren: „Diener! Schmeißen Sie diesen, diesen…" Er suchte nach Worten. Er konnte doch nicht an diesem Festtage, während der Anwesenheit so viele wichtiger Personen reden, wie er am liebsten geredet hätte. So wendete er sich dem Assistenten zu, streckte seinen Arm in Richtung der Türen und donnerte: „Hinaus mit Ihnen! Hinaus!!"

In diesem Moment flogen die Türen auf, aufgestoßen von zwei energischen Frauenhänden. Mme. de Maizière schritt in den Saal, schritt zum Podium, erklomm die drei Stufen und setzte sich auf den einzigen freien Stuhl, den Stuhl neben dem Rednerpult.

Im Saal trat Stille ein. Die Revolte auf dem Podium hatte Bewegungen im Publikum ausgelöst, es war eine entzündliche Stimmung entstanden, aber nun trat Stille ein. Die Herren am Tisch dort oben blickten auf ihre Vorsitzende. Der stellvertretende Vorsitzende wusste nicht: Soll er den Platz am Redner-pult sofort räumen, soll er aufklären? Aber sein Blut wallte noch. „Ihr Assistent hat in ganz erschreckender Weise unseren Festakt gestört." Und dann mit fester Stimme wiederholte er sein Verdikt: „Ich habe ihn des Saales verwiesen."

Mme. de Maizière blickte zu ihrem Assistenten und nickte unmerklich. Der räumte seinen Platz am Rande des Podiums und ging den langen Gang bis zum Ende des Saals, ging zwar an der Fensterreihe entlang, aber allen schien es, er würde die Mittelpromenade herabschreiten. Die Blicke aller im Saal folgten ihm. Er sah nicht nur hinreißend aus, er lief auch wie ein Gott. Aber dann mussten sich alle Blicke dem Podium zukehren. Mme. de Maizière war aufgestanden und alle Blicke wendeten sich ihr zu. Aus diesem Grund nahm niemand mehr wahr, ob der Assistent wirklich den Saal verlassen hatte oder in einer der hintersten Reihen einen neuen Platz fand.

Jetzt begann der Festakt.

Der Festakt

Das also war der dramatische Auftakt. Und man konnte gewiss sein, dass in der Pause das Gespräch auf den Skandal kommen würde. Nun aber würde sicher alles wie bei allen Festakten ablaufen. Die Vorsitzende der Fédération du Progrès de France war ans Rednerpult getreten.

Im Auditorium war Mme. de Maizière den wenigsten persönlich bekannt. Man hatte von ihr gehört, man war erstaunt gewesen, zu hören, dass sie zur Vorsitzenden des kleinen Vereins mit dem großen Namen gewählt worden war. Ja, wenn es ein philanthropischer Verein gewesen wäre oder ein Verein, der sich den schönen Künsten widmete. Aber ein Verein, der sich den Neuerungen in Wissenschaften und Industrie verschrieben hatte! Man bedenke, der Industrie!

Man hörte und las ja immer wieder von Fortschritten. Hatte mit Erstaunen die Berichte von der Ersten Weltausstellung in London vor 10 Jahren verfolgt. Hatte mit Beifall die Gründung der Credit Mobilier im Jahr 1852 gewürdigt und noch des zuvor gegründeten Comptoir d'Escompte, der ersten französischen Großbank. Ab nun war man nicht mehr auf den Londoner Finanzplatz angewiesen. Man hörte von einer Rohrpostanlage, die die Verteilung der Briefe auf ein ungeahntes Tempo erhöhte; leider zuerst in London installiert. Hatte sich 1855 stolz gereckt bei der Durchführung der Pariser Weltausstellung, insbesondere war man stolz auf den riesigen Industriepalast, man glaubte, nicht richtig gelesen zu haben: mehr als 200 Meter lang. Und was man darin an technischen Novitäten hatte bewundern dürfen. Und man war doch in Frankreich. Es ging eben nicht nur um Technik. Erstmals zeigte eine Weltausstellung auch Kunstwerke; im Palais des Beaux-Arts waren Bilder und Skulpturen zu besichtigen gewesen. Heute, hier in dieser Veranstaltung aber ging es um Straßen, genauer, um den neuen Straßenbelag. Profaner konnte es eigentlich gar nicht sein. Und wie konnte eine Frau, noch dazu eine Frau mit einem so ehrwürdigen Namen, sich mit Straßenstaub und Teer befassen?

Wie also konnte eine Frau an diese Position gelangen? War es einfach gewesen, dass man vor Jahren eine honorige Persönlichkeit gesucht hatte und es eher einem Zufall geschuldet war, dass Monsieur Philippe de Maizière pro forma den Vorsitz übernommen hatte? Und der Name de Maizière hatte in Frankreich einen außerordentlichen Klang. Ein de Maizière hatte am französischen Hofe unter Charles V. eine bevorzugte Stellung eingenommen. Ein de Maizière hatte in der Armee des Gaspard de Coligny gleichfalls eine bemerkenswerte Stellung besessen, leider auf der falschen Seite, bei den Protestanten. In jenen Kämpfen von Katholiken und Protestanten gegeneinander, zum Glück waren 300 Jahre inzwischen vergangen, in jenen Kämpfen hatte ein de Maizière einem Offizier der Guisen ein paar Pistolen abgeknöpft, die man noch immer mit Stolz vorzeigen konnte. Mit solchen Pistolen konnte man, anders als mit Lanze und Degen, auf Entfernung den Feind über den Haufen schießen. Das war Fortschritt! Damit konnte man seine Felder und Wälder, seine Dörfer im Ardenner Land, die man an die Katholiken verloren hatte, wiederholen. Also, der Name de Maizière hat Klang in Frankreich!

Und wenige Monate, nachdem Philippe de Maizière den formalen Vorsitz über die >> Förderation des Fortschritts Frankreichs << übernommen hatte, war er verstorben. Die Trauer war echt gewesen in dem kleinen Verein, hatte man sich doch Einfluss versprochen. Aber, so überlegte man, warum den Namen nicht fortwirken lassen? So sprach man die Witwe an: „Madame de Maizière, seien Sie versichert, dass unser Schmerz Ihrem Verlust gleichsteht, nun, wenn natürlich nicht gleichsteht, aber denn doch ihm nahekommt. Wir würden uns nicht erkühnen, bei Ihnen vorzusprechen, solange Sie in Trauer sind. Aber ein vielleicht auch Ihnen hilfreicher Gedanke ist es, der uns zu dem Vorschlag kommen lässt, Sie um Ihre Hilfe zu ersuchen:

Ihr großartiger Gatte hatte den Vorsitz in der >> Fédération du Progrès de France << übernommen. Wäre es abwegig, wenn wir Ihnen diesen Vorsitz antragen würden?"

Und Mme. de Maizière hatte zugestimmt. Sie wollte nicht Trübsal blasen und in Schwarz herumgehen. Mit einem honorigen Verein konnte sie schicklich unter Leute kommen. Ja. Und worum ging es in dieser Institution noch mal? Fortschritt? In der Industrie, Fortschritt selbst auf dem platten Lande. Aber davon hat Madame keine Ahnung.

„Trösten Sie sich, wir auch nicht. Unser Fördergedanke steht über den Einzelheiten. Der Fortschritt beginnt heutzutage oft in den Wissenschaften und wie will man bei der Fülle neuen Wissens als Fachmann, pardon, Fachfrau," süffisantes Lächeln, „wer will da alles übersehen, alles wissen?! Nein, wir laden Männer des Fortschritts ein und sie erzählen uns die neuesten Neuigkeiten. Sagt Ihnen der Name Le Verrier etwas? Urbain Le Verrier ist ein Mathematiker und er hat uns die Existenz eines neuen Planeten vorausgesagt, vorgerechnet. Und denken Sie! Man hat ihn entdeckt. Und der Mann ist Mathematiker. Hat nicht des Nachts in den Himmel geguckt. Der, nur ein Beispiel von vielen, hat bei uns vorgetragen. Um Unterstützung nachgesucht. Und wir sind alle keine Mathematiker. Wenn der vorgestellte Fortschritt im Sinne Frankreichs ist, dann unterstützen wir derartige Entwicklungen. Dabei, Madame, sollen Sie mit Ihrer Schönheit, mit Ihrem Charme, ja, auch mit Ihrem großen Namen behilflich sein. Dürfen wir auf Sie zählen?"

Das klang verlockend. Madame de Maizière sah sich schon, an der Seite Napoléon des Dritten, ir-gendwelche Bänder zu irgendwelchen Ausstellungen durchschneiden. Eröffnungsreden halten. Sektkelche emporrecken. Und natürlich mit einer neuen Robe den Neid der Damen hervorrufen. Und sie überschlug im Geiste, wie ihre Figur sich noch machte. Hoch aufgerichtet und nicht von Gram gebeugt. Mit kastanienbraunem Haar, dessen Grau man künstlich abhelfen konnte. Die Hüfte, die Taille, alles noch ansehnlich. Der Teint wirklich gut. Wenn man sie begrüßte und ihre Wangen küsste, dann sicher nicht mit Überwindung. So sann sie, während die Delegaten der >> Fédération du Progrès de France << oder kurz der FPF glaubten, Madame sinne über den Fortschritt. Sie übernahm den Vorsitz.

Stand nun am Pult, blickte in die Augen des Publikums, konnte einige vertraute Gesichter erkennen. Die meisten waren ihr jedoch fremd. Doch das war gut so.

„Messieurs et Mesdames…" Bereits mit dieser kleinen Umkehrung errang sie Aufmerksamkeit. Aber war es nicht richtig? Man begrüßte das andere Geschlecht zuerst. „Messieurs et Mesdames, wir feiern einen Mann, dessen Verdienste unbestreitbar sind. Dessen Arbeiten Frankreichs Stellung unter den zivilisiertesten Nationen der Welt weiter festigen wird, ja, an die Spitze der Kultur tragen wird. Ich spreche von Monsieur Asphalt." Große Geste nach rechts, auf den Mann in der Mitte des Podiums. Lächeln, höflicher Beifall. „Monsieur Asphalt war der Erste, der Paris mit einer neuen Straße versehen hat. Sein Name ist die Garantie, dass ein Werkstoff einen Siegeszug antreten wird, wie ihn die Welt noch nicht gesehen hat: Asphalt. Was dieser Werkstoff ist, was er vermag, wird Monsieur Asphalt Ihnen gleich selbst darstellen können. Lassen Sie mich noch einen einzigen Satz beifügen, der die Rolle der >> Fédération du Progrès de France << beleuchtet. Selten setzt sich der Fortschritt von selbst durch. Im Gegenteil. Denken Sie nur, wie skeptisch viele Franzosen sind, wenn neue Werkzeuge, neue Verfahren, neue Produkte ihnen begegnen. Es bedarf der Hilfe, der Unterstützung, dass das Neue Platz findet. Darf ich Sie erinnern, wie die Zeitungen spotteten, als wir in Frankreich unsere Erste Weltausstellung durchführten? Und wie sie dann aber stolz von den Medaillen berichteten, die französische Produkte, französische Verfahren errungen hatten. Nein, ohne die >> Fédération du Progrès de France << wäre so manche Neuerung nicht ans Tageslicht gekommen. So wäre es gewiss auch mit der Erfindung einer neuen Straße. Deshalb darf ich mit Stolz Monsieur Adolphe Asphalt an das Pult bitten. Erzählen Sie uns von Ihrem Stoff! Erzählen Sie uns, von Ihren Straßen, von den Neuerungen, die Paris jetzt erproben kann! Bitte." Und sie machte eine einladende Geste.

Monsieur Asphalt war kein schöner Mann, aber er sah gut aus. Hielt sich gerade. Trug eine schlichte Kleidung, ein bisschen dem Militär nachempfunden. Er soll ja als Militär gearbeitet haben, als Militär-ingenieur.

Also einen Rock von dunkelblauer Farbe, gerade geschnitten und fest geschlossen, so dass man nicht sehen konnte, ob darunter eine, vielleicht farbenfrohe, Weste getragen wurde. Legte eine Mappe mit Papieren vor sich auf das Pult, drehte sich zum Podium zurück und verneigte sich: „Madame, meine Herren. Ich danke für die Einladung und dass ich Gelegenheit bekomme, vor diesem erlesenen Publikum vortragen darf."

Er war es nicht gewohnt, vor fremden Leuten zu sprechen. Nun, die Arbeiter auf der Straße waren auch fremd, aber das war etwas anderes. Hier war M. Asphalt doch aufgeregt. Auf den Innenflächen der Hände bildete sich Schweiß, der Hemdkragen war zu eng, auch die Weste beengte. Am Hals bildeten sich zarte rote Flecken. Aber es ging um seinen Werkstoff, es ging um seine Neuerung!

„Es geht in der Tat um eine Novität. Wie ist der allgemeine Zustand, den Sie, verehrtes Publikum, alle kennen? Sie müssen Ihr Haus verlassen und treten auf die Straße. Aber was ist das für eine Straße? Vor wie vielen Häusern ist es einfach ein Sandweg? Im Sommer staubig, im Herbst und Frühjahr morastig. Wie froh waren die Pariser, als mit der Neuerung des Schotten McAdam die Straßen befestigt wurden. Die gescheiten Packungen aus zuerst größeren, dann kleineren Bruchsteinen, das Ganze zu den Rändern hin gewölbt, sodass Wasser abfließen kann. Und verdichtet, festgewalzt. Aber hält es ewig? Nicht einmal lange. Glücklich kann sich schätzen, wer vor seinem Haus eine gepflasterte Straße betreten kann. Aus Granitsteinen. Aber die Steine! Wie will man des Nachts ruhen, wenn Wagen mit ihren eisernen Reifen über das Pflaster rütteln? Wieviel angenehmer die Holzplasterungen. Doch wie lange halten sie wohl? Selten mehrere Jahre. Ich habe Damen stürzen sehen, die in dem vermoderten Pflaster hängen geblieben sind.

Nun, werden Sie fragen, und was jetzt? Jetzt kommt Monsieur Asphalt und asphaltiert die Straßen! Lassen Sie mich zuerst zu dem Werkstoff einiges sagen sowie dann zu seiner Anwendung.

Ihnen wird wohl nicht vertraut sein, dass in einigen Regionen der Welt dieser klebende Stoff natürlich vorkommt. In Trinidad baut man seit Jahrzehnten am Teersee diesen Stoff ab. Verwendet ihn für mancherlei. Aber für den Straßenbau fand das Material bisher keine Verwendung.

Eher versuchte man den bei der Verkokung entstehenden Teer, Sie wissen: dieses schwarze, stinkende Zeug, man bringt es auf die oberste Packlage der Schotterstraße aus. Dieser Teer klebt außerordentlich gut und hält die Gesteinskörner gut zusammen. Allerdings, bringt man zu wenig ein, lösen sich die Steine unter der Last der Kutschen und Bauernwagen. Bringt man zu viel ein, kleben im Sommer wir alle fest. Nein, ich greife auf einen Stoff aus dem Val de Travers in der Schweiz zu. Auf diesen Stoff bin ich durch eine Schrift mit dem Titel „Dissertation über den Naturzement" aufmerksam geworden. 1712 entdeckte der griechische Arzt Eirini d'Eirinis das gigantische Bitumenvorkommen La Presta. Damit Sie einen Eindruck bekommen, habe ich mir erlaubt, zwei Brocken mitzubringen."

Er nahm aus seiner ledernen Reisetasche ein Stück Naturasphalt, hüllte ihn in ein weißes Tuch ein und winkte dem Saaldiener. Auch das zweite Stück begann seine Reise durch die Hände der Gäste.

„Es ist völlig ungefährlich. Es sieht wie jedes Ihnen bekannte Felsgestein aus. Und es ist auch Fels, darin eingeschlossen Bitumen. Oder wie man früher sagt: bitumen judaicum, Judenpech. Äußerst klebrig. Wenn es warm gemacht wird. Aber nicht so warm wie Teer, der dann mit Gießkannen auf die oberste Schotterschicht ausgegossen wird. Nein, meine Straße sieht anders aus! Sie besitzt zwar auch einen Unterbau aus Schotter, hochverdichtet. Aber darüber eine geschlossene Decke aus Bitumen, vermischt mit feinem Geröll und Kies. Daraus habe ich Platten herstellen lassen und die decken den Unterbau ab. Als wir die Platten mit schweren Walzen verdichtet haben, sind die einzelnen Platten fest miteinander verbunden worden. Sie bilden jetzt eine geschlossene Straßendecke. Nun, meine Herren, auf diese Weise ist eine wunderbare Straße entstanden. Sie können von ihren Pferden steigen und betreten einen Boden wie im Palais Napoléons. Und meine Damen, Sie werden mit Ihren feinsten Schühchen wandeln können und nirgend straucheln. Auch Ihre Röcke werden nirgend im Unrat schleifen und verderben. Meine Straße ist so konstruiert, dass jeder Regenguss allen Schmutz, allen Staub von ihr wegspühlt und man wähnt sich in einem Ballsaal. Ohne alle Eitelkeit will ich darauf aufmerksam machen, dass unsere Versuche ergeben haben, dass man völlig geschlossene Denken herstellen kann und auf diese Weise verhindert wird, dass Wasser durch diesen Belag hindurchtreten kann. Das ist eine Eigenschaft, die besonders bei Gebäuden wünschenswert ist, die wasserdicht sein sollen. Ich habe der Stadtverwaltung vorgeschlagen, unsere schönen Brücken damit zu versehen und ihre Lebensdauer merklich zu erhöhen. Man hat zugestimmt. Und vielleicht ist der eine, die andere schon den Pont Royal gewandelt. Dies war mein erster Versuch. Die Carrousel-Brücke war mein zweiter. Die nächsten Jahre, ach, was sage ich, die nächsten Jahrzehnte werden beweisen, was für ein wunderbarer Werkstoff Asphalt ist!

Gestatten Sie nun, dass ich Ihnen die Gewinnung des Werkstoffs schildere, seine Zusammensetzung, die Umformung zu Straßenplatten sowie ihre vorzüglichen Vorteile…"

Madame de Maizière blickte erschrocken zum Redner empor. Vorsichtig drehte sie ihren Kopf herum, um die Männer im Podium zu studieren. Einer begann mit seinem Bleistift, mit dem er zuvor kurze Notizen gemacht hatte, kleine Quadrate zu stricheln. Ein anderer zupfte an seinen Manschetten und richtete die Manschettenknöpfe, auf dass auch nur jeder ihren Goldglanz sehen konnte. Und Monsieur Legrand hatte seine Augen geschlossen. Zeichen äußerster Konzentration? Sie betrachtete den kleinen, aus dem Leim geratenen Mann. Sein birnenförmiger Kopf war, unverständlich für Madame, mit einer Frisur gekrönt, die beinahe an einen Stiel erinnerte. Und der breite Teil des unteren Kopfes ging, ohne die Linie zu unterbrechen in den Hals über. Und, könnte man gemeinerweise meinen, gleichfalls ohne Unterbrechung in Schultern und gewölbten Leib. Der Mann sollte nicht Legrand heißen, sondern Poire. Nein, der nickte. Nicht Einverständnis oder Beifall, der war am Einschlafen!

Kurzer Blick ins Auditorium. O Gott! Madame versuchte die Aufmerksamkeit des Redners zu gewinnen. Dann malte Sie eine Uhr auf ein Blatt Papier und zeichnete den Zeiger auf kurz vor Zwölf. Kommen Sie zum Schluss! Endlich verstand der.

„Meine Damen, meine Herren, der Stoff weist noch mannigfaltige Facetten auf, die ich Ihnen gern hier ausbreiten würde. Aber ich will Sie trösten und auf meinen Artikel in der „Gelehrten=Zeitschrift" verweisen. Und darüber hinaus stehe ich Ihnen gern persönlich Rede und Antwort." Sprachs, verneigte sich vor dem Publikum und nochmals vor dem Vorstand der >> Fédération du Progrès de France <<. Der Beifall war mehr als höflich, vielleicht durch Freude angespornt, dass jetzt der wichtigere Teil der Veranstaltung kommen würde.

Pausengespräche

Ein älterer Herr stürzte auf Monsieur Asphalt zu: „Sagen Sie, Sie haben in Ihrem Vortrag Ihren Bau-stoff ein geradezu ideales Material genannt. Und dass er wasserdicht sei. In der Tat gehen mit Ihrer Straßendecke die Fugen zwischen den Pflastersteinen verloren..."

Asphalt: „Gewiss. Und damit gibt es nicht mehr diese unsäglichen Geräusche der eisernen Wagenräder."

„Jaja. Aber wenn es nun regnet, dann kann das Wasser nicht mehr versickern und Ihre Straße wird zu einem Flussbett. Das können Sie doch nicht ideal nennen." Und fügte mit einem schalkhaften Lächern hinzu: „Oder sollen wir von Wagen auf Boote wechseln?"

„Aber nein, Monsieur. Deshalb habe ich ja empfohlen, die Straßen zu wölben, auf dass das Wasser zur Seite fließen muss und die Fahrbahn

eben kein Fluss, wie Sie übertrieben vermuten, wird. Verstehen Sie?"

„Durchaus. Aber die Fahrbahn bleibt feucht und wenn es friert, entsteht eine Rutschbahn. Auch das kein idealer Zustand. Gewölbt. Man rutscht also immer zum Rand. Und sagen Sie jetzt nicht, Sie wollen den Kindern eine Freude bereiten."

„Mein Herr, ich bleibe bei meiner Aussage. Mit gefrierender Feuchte haben wir es überall zu tun. Am schlimmsten auf Granitpflaster. Aber ich prophezeie Ihnen, dass mein Asphalt auch dafür eine Lösung bereithält; ich stehe doch erst am Anfang. Es handelt sich eben um einen idealen Baustoff. Denn wenn er nicht ideal wäre, so wäre er nicht vollkommen. Da wir uns aber einen vollkommenen Asphalt denken können, muss es ihn auch geben."

Der ältere Herr lächelte überlegen. „Ich baue schon mein Leben lang Straßen. Einen vollkommenen Baustoff habe ich nie angetroffen. Sie brüsten sich mit einer geschlossenen Fahrbahndecke und dass sie keine Geräusche mehr mache. Aber wenn sie geschlossen ist, dass bleiben auch Wasser und Glatteis auf ihr. So ist das nun einmal."

„Nun, eine geschlossene Fahrbahndecke könnte auch feinste Kanäle haben, die dem Wasser Abfluss bieten. Was Sie als widersprüchlich ausschließen, nenne ich die Dialektik des sich einander Ausschließenden. Sie sollten einmal Hegel lesen."

Der Alte schüttelte seinen Kopf, neigte ihn dann leicht vor M. Asphalt und ging von dannen.

Erleichtert wollte sich Adolphe Asphalt dem Buffet zuwenden, als Madame de Maizière ihren Arm unter den seinen schob. „Ich möchte Sie mit Madame und Monsieur de Montmorency bekannt machen. Und dann begann ein umständliches Begrüßungszeremoniell, dessen wichtigster Teil die Information beinhaltete, dass Monsieur de Montmorency im Ministerium arbeite und auch dort Leute kenne, die mit den Straßen in Frankreich zu tun haben.

„Monsieur", und das Wort besaß zwar einen Zischlaut, der aber nicht zu

hören war, weshalb hier das Gespräch in der eigenartigen Phonetik wiedergegeben wird. „Monieur, erählen ie mir von diem Judenpech. Wieo heit e Judenpech? Bitte."

„Bitumen, sagen…" und Monsieur Asphalt war für einen Moment versucht, die Zischlaute auch weg-zulassen. Das aber hätte nicht als Entgegenkommen, sondern als Äffung interpretiert werden können. „Bitumen, sagen die Chemiker, ist ein Erdstoff, den man schon im Altertum kannte. Mit diesem klebrigen Stoff hat man Werkzeuge miteinander verbunden, was in zurückgebliebenen Gegenden der Welt heute noch vorkommen soll. Stellen Sie sich eine Axt vor und seine metallene Schneide ist in eine Astgabel eingebunden und eingeklebt. Aber nur an wenigen Orten der Welt kommt dieses Erdharz rein vor. In Trinidad gibt es…"

Monsieur de Montmorency unterbrach und wollte seine Frau am Gespräch beteiligen: „Meine Liebe, hat du nicht in einem deiner Reieberichte über Trinidad geleen?"

„Oh ja, du hast vollkommen Recht. Dass du dich an meine Lektüre erinnerst!"

„Aber meine Liebe, du kennt mein Gedächtni. Wie it nun dein Trinidad?"

„Oh, es soll ein liebliches Eiland vor der Küste des nördlichen Südamerikas sein. Immer warm, immer blühende Pflanzen. Nicht so wie diese scheußliche Pariser Wetter. Haben sie nicht erzählt", wandte sie sich an Monsieur Asphalt, „dass mit Ihrem Werkstoff alle Straßen besser werden. Können Sie sich danach nicht dem Pariser Wetter zuwenden?"

Madame de Maizière nutzte die kleine Pause. „Bevor Monsieur sich dem Wetter zuwenden kann, muss er erst einmal die Pariser Straßen bessern. Und die…" Sie wandte sich verbindlich Herrn von Montmorency zu, „und natürlich die von Montmorency." Geschmeicheltes Lächeln auf den Gesichtern, doch der Herr von Montmorency war schon seit Jahren nicht mehr in Montmorency gewesen. Die Straßen dort waren ihm egal.

„Gestatten Sie, dass ich fortfahre. Ich möchte Ihnen erklären, dass es nur wenige Orte auf der Welt mit reinem Bitumen gibt. Ich nutze den im Tagebau gewonnen Werkstoff aus der Schweiz. Dort ist er von Seiten der Natur mit einem geringeren, aber zumeist größerem Anteil an Gesteinen oder Sanden vermischt…"

Madame de Maizière unterbrach erneut: „Das heißt, es sind etliche Arbeitsschritte vonnöten, um den Werkstoff hier nach Paris zu bekommen. Und hier muss er ja aufbereitet und schließlich in die endgültige Form gebracht werden…"

„Sehr richtig. Wir brauchen eine gleichbleibende Qualität. Ist zu wenig Bitumen in den Steinsplittern und Sanden, so lösen sie sich bei Gebrauch heraus, ist zu viel Bitumen darin, so werden die Werkstoffplatten zu weich und…"

Mme. de Maizière wurde ungehalten. Dieser Mann sollte sich auf das Wesentliche konzentrieren. Es ging um Geld. Entweder privates Geld von Leuten, die vor ihrem Palast eine Asphaltstraße haben wollten oder um öffentliches Geld, so wie das bei den beiden Brücken gewesen war. Also nicht über Erdpech schwätzen, sondern über Geld reden! Entschlossen schob sie ihren Arm wieder unter den von Adolphe Asphalt, zog den Mann zu sich heran, legte ihre Fingerspitzen der anderen Hand auf eine der beiden Hände des Ministerialen und flötete: „Wir sollten gemeinsam einen Plan machen, wie das Ministerium für Asphalt zu begeistern ist."

Monsieur de Montmorency hatte den Blick seiner Frau gesehen und ließ beide Hände sinken, sodann er keinen Körperkontakt mit der ersten Dame der Fédération du Progrès de France mehr hatte. Ein solches Gespräch wäre ohne die Anwesenheit seiner Gattin bedeutend erquicklicher. So sagte er: „Madame, ich werde ein Gespräch im Ministerium vorbereiten und Sie sowie Ihr Freund…" Den Begriff wählte er bewusst so doppeldeutig, um seine Frau in Sicherheit zu wiegen. „…werden Gelegenheit haben, vorzutragen. Man wird sehen."

Na also! Madame de Maizière war zufrieden. Die zweite Aufgabe des Tages war geschafft, jetzt noch ein paar unverbindliche Gespräche, fertig. Sie ließ ihren Arm unter dem von Adolphe Asphalt und steuerte ihn zu einer Gruppe ihr Unbekannter. So ließ sich ihr Netzwerk vergrößern.

Asphalt knurrte der Magen, aber fügte sich. Dann kam ihm ein Winken zu Hilfe.

Aus der Gruppe des Vorstands hatte sich Monsieur Legrand etwas herausgelöst und winkte Madame. Mme. de Maizière fand das ungehörig. So kann der seinem Hausmädchen winken. Aber die gespannten Blicke aller anderen Vorstandmitglieder! Etwas lag in der Luft. Sie schritt ihren Leuten majestätisch zu.

Legrand kam gleich zur Sache. „Wo ist Ihr Assistent? So etwas lassen wir uns nicht bieten. Der Mann muss weg. Wenn er satisfaktionsfähig wäre, müsste ich ihm meinen Säbel über seinen schwarzen Lockenschädel ziehen." Und bevor Madame irgendwelche Einwände erheben konnte, kam der Schlussstrich: „Wir sind alle dieser Meinung. Entlassen Sie diesen Mann."

Café de Paris

Es waren keine 24 Stunden vergangen, da saß der geschasste Assistent im Café de Paris. Er ahnte, dass eine Entscheidung bevorstand. Aber er wusste nicht, wie das Kräfteverhältnis im Vorstand war. So trank er seinen Kaffee und musterte die Gäste, die schon am Vormittag hier waren. Es waren überraschend viele. Ob das jeden Tag so war, konnte der junge Mann nicht wissen. Er war hier nur ein einziges Mal gewesen, hatte aber an keinem Tisch gesessen und schon gar nicht gespeist. Es war ein nobles Café. Ein länglicher Saal mit kleinen Ausbuchtungen, die fast schon Séparées waren. Über jedem zweiten Tisch ein beachtlicher Lüster. Und wenn man den Blick schon nach oben richtete, dann konnte man auf die umlaufende Empore blicken, jedenfalls ein stückweit. Wenn hier alle Plätze besetzt wären, musste das einen beträchtlichen Geräuschpegel ergeben. Und Wärme. Das hatte Jean Baptiste Joseph Fourier in seiner Wärmelehre nachgewiesen: Wir Menschen produzieren Wärme.

Warm wurde Monsieur Martineau, als er Mme. de Maizière eintreten sah. Die Frau sah hinreißend aus. Sie besaß einfach alles, was man von einer Frau erwartet. Sie hatte gestern in ihrer offiziellen Robe gut ausgesehen und sie sah in der zurückhaltenden Tagesrobe gleichfalls gut aus.

„Mein lieber Martin!" Sie ließ sich von ihrem Assistenten begrüßen. Der zog einen Stuhl hervor, aber sie musterte den Raum und wählte einen anderen Platz, nahm hier Platz. Machte dem Serveur ein Zeichen.

„Wahrscheinlich wissen Sie es schon?" Bedankte sich beim Kellner und ließ sich von ihrem Assistenten Zucker reichen. „Man hat mich gezwungen, Sie zu entlassen." Sie machte eine Pause, blickte Monsieur Martineau in die Augen. Legte ihre Hand auf seinen Unterarm. „Ich weiß, was Sie getan haben. Das war klug und mutig. Sie haben damit der Birne eine eindrucksvolle Abfuhr erteilt. Ich bin Ihnen dankbar." Sie hatte ihre Hand auf dem Unterarm von Martin Martineau liegen gelassen und drückte diesen Arm. „Wir müssen vorsichtig sein. Offiziell muss ich Sie entlassen. Aber seien Sie ohne Sorge; Ihr Salär werde ich privat zahlen. Nur können wir uns in der Fédération nicht zusammen sehen lassen. Legrand hat die andern auf seine Seite gezogen. Und denkt, wenn er mich von Ihnen entblößt, wird es nur noch eine kurze Weile dauern, bis er den Vorsitz erringt."

Sie zog ihre Hand zurück, blickte aufmerksam in sein Gesicht. „Sind Sie verletzt?"

Monsieur Martineau schüttelte seine schwarzen Locken. Dass sein Ein

kommen bleiben würde, war schon eine schöne Sicherheit. Dabei musste Madame sich etwas gedacht haben. Also fragte er: „Was wollen Sie tun?"

Sie korrigierte ihn: „Was wollen wir tun? Zuerst wollen wir uns tüchtig

ärgern. Diese Birne hat versucht, sich meine Position anzueignen. Ich habe ihn noch am Tag unserer Veranstaltung gefragt, ob er Interessenten für Monsieur Asphalt gefunden habe. Hat er. Einen Nachfahren aus der Familie de Brune. Drittklassige Linie, verarmt, will sich wichtigmachen. Hatte uns schon einmal Geld versprochen und nie gezahlt. Wir, mein lieber Martin, machen es anders. Ich habe dem Herrn von Montmorency ein Billett gesandt. Und ich bin sicher, dass er uns empfängt. Ziehen Sie sich so gut es geht an." Sie stockte. Sie hate einen Fehler begangen. Ihr Assistent war nicht vermögend. Sie legte wieder ihre Hand auf den Unterarm ihres Assistenten, diesmal so nah seiner Hand, dass ihr Daumen sein Handgelenk berührte. „Sie müssen erstens eine schöne Mappe mit vielen Papieren unterm Arm haben. Und wir müssen zweitens eine Kurz- und eine Langfassung zur Asphaltierung vortragen können. Das machen Sie. Auch wenn man mich bitten sollte. Sie, verstehen Sie?"

Monsieur Martineau wurde warm. „Und Monsieur Asphalt?"

„Später. Beim ersten Gespräch müssen wir die Leute im Ministerium überzeugen. Da brauchen wir keine ausufernde Rede zum Asphalt. Wir brauchen Gedanken, die dort begeistern. Alles andere kann später passieren." Und nach einer Gedankenpause: „Wir müssen die Tür ein Stück weit aufkriegen. Wenn wir Interesse wecken können, dann können wir mit der Finanzierung von den Montmorencys an eine schnelle Veranschaulichung gehen. Aber eindrucksvoller als das Stück Straße von Asphalt." Sie drückte wieder den Arm ihres Assistenten. Mit einem Blick in die Runde sah sie jedoch, dass man auf sie und ihr Verhalten aufmerksam geworden war. Sie zog ihre Hand zurück. „Wir müssen vorsichtig sein. Bitte lassen Sie mich gehen." Sie legte eine größeres Geldstück auf den Tisch. „Bitte bezahlen Sie für uns." Stand auf, neigte ihren Kopf und verließ das Café de Paris.

Vereinswirren

Legrand ereiferte sich: „Ich bin mir nicht sicher, ob uns die Veranstaltung in der vorigen Woche gelungen ist."

Ein zaghafter Einspruch kam von einem der blassen Vorstandmitglieder: „Nun, ich denke, der Vortrag von Monsieur Asphalt fand durchaus Anklang. Und wir haben ein Thema, das doch viele Leute interessieren sollte. Wenn man die Presse aufmerksam machen könnte…"

Legrand unterbrach: „Die Presse übernehme ich, schließlich haben wir unseren >> Progrès de France <<. Aber darum geht es mir nicht. Der Fauxpas am Anfang hat doch kein gutes Licht auf die Fédération du Progrès de France geworfen."

Endlich nahm die Vorstandsvorsitzende das Wort. „Legrand, wir sollten Empfindlichkeiten beiseitelassen. Wenn ich mir in Erinnerung rufe, wie lebendig das Auditorium gewesen ist, dann könnte man für die Zukunft glatt -, immer mit einem kleinen Skandal zu beginnen."

Legrand lief rot an. „Madame, es ging um meine Ehre. Wenn Sie Skandale auf meine Kosten inszenieren wollen, dann müssen Sie auf meine Mitarbeit verzichten. Dieser Bengel hat mich auf unverschämteste…"

Madame unterbrach. „Ich habe Monsieur Martineau gemaßregelt. Die Angelegenheit ist abgeschlossen. Haben wir beim Publikum Erfolg gehabt?" Sie schaute die Herren offen an. Einige senkten ihre Köpfe, einer nuschelte: „Ich bin im Gespräch. Vielleicht…" Endete im Ungefähren.

Aber Legrand richtete sich auf, wahrscheinlich wollte er seine Brust vorschieben, aber es wurde nur der Bauch. „Ich habe die Zusicherung des Comte de Brune. Wir müssen jetzt warten…"

„Warten können wir uns nicht leisten", wandte die Vorsitzende ein.

„Nun, mit Warten meine ich nur, dass man einem Grafen nicht gleich am nächsten Tag auf die Pelle rücken kann. Ansonsten habe ich bereits einen Artikel für unsere Zeitschrift verfasst. Und ich werde, wenn die >> Progrès de France << gedruckt ist, sie auf den Tisch einiger Redaktionen hier in Paris le-gen. Dann lösen wir eine Welle aus. Mit dem Asphaltthema werden wir jede Menge Aufmerksamkeit bekommen."

„Verzeihen Sie, dass ich unterbreche: Wir haben noch gar nicht abschließend über die neue Nummer entschieden…"

„Doch!" Legrand blickte auf seinen Nachbarn, der sich beeilte, zu erklären: „Die Zeit drängte. Eigentlich war es meine Idee…"

Legrand unterbrach: „Unsere Idee."

„… die Zeitschrift bereits zu der letzten Veranstaltung fertig zu machen.
Dann hätten alle Interessierten ein profundes Material in ihre Hände
bekommen. Und sich auch ausgiebig über die >> Fédération du Progrès
de France << informieren können."

Mme. de Maizière war ungehalten. „Es ist guter Brauch, die Inhalte unserer Ausgabe gemeinsam zu besprechen und dann erst drucken zu lassen und der Öffentlichkeit zugänglich zu machen.

Legrand giftete: „Madame, als wir die Inhalte im Januar besprachen, ka-
men sie – wie ja kürzlich auch – zu spät. So spät, dass unsere Zeit nicht
mehr reichte, einen Abschluss zu erzielen. Wir brauchen für unsere Arbeit Zuverlässigkeit und Verlässlichkeit, anders ist ein solcher Verein
nicht zu führen. Ich bestehe darauf, dass die verabredeten Termine ein-
gehalten werden und nicht die Mehrheit des Vereins auf Sie warten
muss!"

Die de Maizière überlegte, ob sie sich auf dieses Scharmützel einlassen
sollte. Man war für die Januarsitzung an einen anderen Treff ausgewi-
chen, hatte ausweichen müssen. Deshalb war sie zu spät gekommen…
Überrascht blickte sie auf Monsieur Leroux, der seinem Namen, anders
als Legrand, Ehre macht. Seine roten Haare wackelten wie züngelnde
Flammen, weil er sein Arbeitsmaterial ostentativ ordnete, stauchte,
dass es in seine (rote) Mappe passte und so zu verstehen gab, dass das
Ende der Vorstandssitzung angebrochen war.

„Ich wäre Ihnen verbunden, wenn ich Ihren Artikel zum Asphalt sehen
könnte. Wie übrigens das ganze Heft."

Leroux: „Zu spät. Das Heft ist bereits in der Druckerei." Sprachs und
schob seinen Stuhl nach hinten, um aufzustehen. Legrand freute sich
diebisch, wollte aber die Oberhoheit behalten und sagte schnell: „Wir
haben einige Wirren erlebt, aber die Stellung der Fédération ist gut. Ich

kümmere mich um die Pariser Presse. Ich denke, wir sind fertig. Wir beide haben ja auch noch einen Termin." Blick zu seinem Nachbarn. Und erhob sich.

Mme. de Maizière war sprachlos. Das waren nicht einfach Gassensitten, das war Aufstand! Noch nie hatte es Legrand gewagt, ihr den Vorsitz derart streitig zu machen. Und die andern schwiegen ein-fach. Nein, dass Albrich Dupont zu Legrand hielt, war klar, aber dass der Rotschopf Leroux jetzt offen opponierte, war überraschend. Er war der Mann ge-wesen, der immer seinen Abneigung gegen eine Frau als Vorständlerin deutlich gemacht hatte. Nicht, dass er selbst auf diese Position scharf war, dazu investierte er zu viel Zeit und Kraft in seine Stellung in der neuen Bank. Aber hier war etwas im Gange…

Die Herren erhoben sich. Leroux, schon abgewandt und an niemanden adressiert, sagte beiläufig: „Ich habe mich belesen. Das mit dem Bitu-men ist eine alte Sache. Damit machen wir vielleicht zu viel Aufhebens. Die alten Babylonier haben damit ihr Aquädukte gedichtet. Sogar als Bootsanstrich sei es verwendet worden. Und…" Pause. „Die Pracht-straße von Nebukadnezar war auch schon asphaltiert. Und die Inder ha-ben den Stoff auch benutzt…" Wieder Pause, zog sich den Paletot an. „Wieso heißt der Mann eigentlich Asphalt?"

Der Vorstand erstarrte. Mme. de Maizière überlegte schnell. „Gut, dann beenden wir unsere Sitzung." Sie hatte schon ganz andere Pläne. Die Herren würden noch angekrochen kommen. Ohne diesen Legrand.

Wie Maulwürfe

Beim Herausgehen erwischte Legrand Monsieur Leroux am Ärmel. Er hatte Laufen müssen und war jetzt außer Atem. „Was…" schnaufte er, „was meinen Sie mit ‚Wieso heißt der Mann Asphalt?'"

Leroux fand Legrand nicht gerade sympathisch. Wenn der zu ihm in die Bank kommen würde, dem würde er wohl kaum einen Kredit geben. „Ist doch komisch. Wir treten dafür ein, die Straßen mit Asphalt zu belegen und der Mann, der das macht, heißt Asphalt. Der ist ja nicht der Erfinder, der sein Produkt nach sich benannt hat."

Legrand stutzte. Bisher schien ihm die Identität hervorragend und ihrer Arbeit förderlich. Aber die Frage war berechtigt. Wieso heißt der Mann Asphalt?

Leroux legte nach. „Ist das sein Künstlername? Das wäre noch des Beste. Er stammt jedenfalls nicht aus der Schweiz. Ich habe ihn gefragt. Sonst könnte man denken, die haben schon früher im Asphaltabbau gearbeitet. So wie Familie Dupont immer schon an der Brücke gewohnt hat und alle sich daran gewöhnt haben, die von der Brücke zu rufen. Trifft auf den nicht zu. Nicht, dass wir es mit einem Schwindler zu tun haben!"

Legrand zuckte zusammen. Das wäre fatal. Doch Leroux goss noch Säure in den Verdacht. „Sie erinnern sich an den Mann, der uns einen hohen Turm mitten in Paris bauen wollte. Und bisher nur Schweineställe gebaut hatte. Und nun einen steinernen Riesenturm. Wäre ja das Aus für unsere Fédération geworden, wenn der dann umgefallen wäre. Man kann doch nicht mitten in der Stadt einen riesigen Turm bauen!"

Da hatte Legrand sich einfach auf die de Maizière verlassen, die eines Tages mit Asphalt angekommen war, von den Bürgersteigen auf den beiden Brücken und von der ganzen Straße gesprochen hatte, die Monsieur Asphalt asphaltiert hatte. Da hätte er doch schon stutzig werden müssen. Wer war dieser Asphalt? Und war es richtig, dass die Fédération sich hier einspannen ließ. Man musste vorsichtig sein. Neuerungen können enorme Veränderungen nach sich ziehen. Auch wenn die praktischen Auswirkungen oft lange, oft sehr lange auf sich warten ließen, so war doch die Reputation der Fédération beträchtlich. Und darauf kam es an. Am Ende sollte Napoléon ihm den Pour le Mérite anheften. Das war ein Ziel, von Legrand aufs Innigste gewünscht. Aber Leroux hatte schon Recht. Immer wieder klopften Leute an ihre Türe, die die größten Erfindungen versprachen. Da war erst kürzlich jemand vorstellig geworden und hatte eine Kraftmaschine versprochen. Nicht so eine schwerfällige Dampfmaschine, sondern eine kleine Explosionsmaschine. Hatte seinen Namen genannt und Zeichnungen vorgelegt, wie die Auf- und Abbewegungen in eine Rotationsbewegung verwandelt werden konnte. Das war ja noch nachvollziehbar. Aber was in dem Kessel über der Schwungscheibe passierte, da schwieg sich der Mann aus. Wie hatte denn der geheißen? Er schaute auf Leroux und dabei fiel es ihm wieder ein: Lenoir. Das blieb das Geheimnis von Etienne Lenoir. Er könne das erst offenlegen, wenn sein Patent von oberster Stelle gesichert sei. „Guter Mann", hatte Legrand den Mann beschworen, „Sie können ein Patent nur erteilt bekommen, wenn Sie Ihr Geheimnis offenlegen. Und wir, die Fédération du Progrès de France, können Ihnen dann helfen. Wir kennen alle wichtigen Instanzen, wir haben eine lange Geschichte des Erfolgs von Neuerungen, man hört auf unsere Expertise. Aber dazu müssen Sie uns Ihre Kraftmaschine darstellen. Und, ich will Ihnen ganz im Vertrauen sagen: den größten Erfolg bei den Entscheidungsstellen haben wir immer, wenn wir ein Model, ein funktionierendes Muster vorführen können. Sie können eine Stunde mit Engelszungen reden, oft hört man dem Erfinder ungläubig zu. Er führt ein Modell vor und sei es noch so provisorisch – das ist dann ein durchschlagender Erfolg." Da hatte der Mann eingewilligt, aber erklärt, dass er all sein Geld längst aufgebraucht habe. Wenn die Fédération die Kosten übernehmen könne und, natürlich, eine Vertraulichkeitserklärung unterschreiben würde, dass sein Geheimnis gewahrt bleiben würde, dann… So war es mit dem Perpetuum Mobile nichts geworden, denn wie man Gas zu einer Drehbewegung bringen könnte, das blieb unerfindlich. Also Asphalt? Auch eine Sackgasse?

„Monsieur Legrand, haben Sie sich die Straße angesehn?" Legrand schüttelte den Kopf. „Ich schon", Leroux mit gedämpfter Stimme. „Ich habe sogar eine Vergrößerungslinse mitgenommen. Es stimmt, dieser Asphalt hat die ganze Straße asphaltiert. Aber wie sieht das aus?! Nicht zu vergleichen mit einer schönen Pflasterung. Schwarz, eintönig schwarz. Und nachts erst. Gauner und Diebe werden sich freuen. Und dann habe ich beobachtet. Und als es zu regnen anfing, haben die Kinder eine Rutschpartie veranstaltet. Ich hätte ja gern gesehen, wie sich

Pferde auf diesem Untergrund bewegen. Ich wette, dass die bei jedem zweiten Schritt auch ins Schlittern kommen."

„Sie meinen, der praktische Nutzen ist zwiespältig? Aber die Staubfreiheit…"

„In der Tat; von Staub keine Spur. Aber machen wir doch einmal ein Gedankenexperiment: wie viele Straßen gibt es in Paris? Und im Moment werden ja überall neue Straßen gebaut. Und denken sie an die neuen Chausseen. Wenn Sie die alle asphaltieren wollen… Da reicht kein Schweizer Bergwerk."

„Ja, aber in Amerika hat er doch von ganzen Seen gesprochen."

„Ja, warum nicht gleich Gold und Silber aus Peru?! Ein glänzendes Pflaster für eine glänzende Stadt! Ich habe mich umgehört. Eine Tonne Asphalt aus der Schweiz kostet 20 bis 25 Franken. Eine Tonne Granitpflastersteine kostet 10 bis 12 Franken; das macht jede Straße doppelt so teuer."

Das hatte Legrand schon oft erlebt. Die Idee war brillant, eine Versuchsanordnung lief sogar, aber die Kosten! Wie sollte man die Stadtverwaltung mit doppelten Kosten überzeugen? Und oft kam dann noch ein Dezernent daher und hatte Einwände von ganz fremder Seite. Wie schwer solche Dampfma-schine sei, auf einen Leiterwagen gestellt, müsste der doch zusammenkrachen. Apropos Krach. Was von diesen neuen Maschinen für ein Krach ausging. Der würde Mensch und Tier in den Wahnsinn treiben. Legrand hatte sich dann selbst gefragt, ob er vor seinem

Haus derartige Ungetüme fahren haben wollte. Bei der Eisenbahn war das etwas anderes. Die lief nicht vor seinem Haus entlang. Die hatte ihre eigenen Wege.

„Sagen Sie", jetzt war ihm ein äußerst wichtiges Gegenargument eingefallen, „sagen Sie, setzen wir nicht auf das falsche Pferd?"

Leroux: „Wir setzen auf gar kein Pferd."

„Nein, lassen Sie. Überall werden Eisenbahnen gebaut. Die transportieren ungeheure Lasten. Mit ungeheurer Geschwindigkeit. Und wir wollen im Straßenwesen investieren?"

Leroux begann zu grübeln. Das stimmte. Auch in der Bank waren enorme Summen für Investitionen in Schienen und rollendes Material vergeben worden. Frankreich war ein Land am Meer. Und das Binnenland wurde jetzt mit Eisenbahngeleisen erschlossen. Legrand hatte Recht. Was waren die kleinen Risse, die er im Asphalt entdeckt hatte. Die Eisenbahnen, das war es! Und anerkennend schüttelte er Legrand die Hand.

Legrand ging versunken weiter. Er hatte aufs falsche Pferd gesetzt. Und er hatte sich bei der Veranstaltung so geärgert, dass dieser Rüpel ihn aufgehalten hatte und die de Maizière dann alles leitete. Aber, vielleicht war das gar nicht so schlecht. Auf der Höhe des Hotel de Bourbone blieb er stehen, schaute versunken durch die große Scheibe. Und dann fiel sein Blick zurück, zurück auf das Glas und er konnte sein Spiegelbild sehen. Eine gewichtige Persönlichkeit. Er war Le Grand, er war der Große. Drehte sich auf den Hacken um und stürmte zur „Gelehrten=Zeitung". Schob die >> Progrès de France << einem Redakteur auf den Tisch. „Ich weiß nicht, ob das etwas Interessantes für Sie sein könnte. Gehen Sie doch mal auf den Pont du Carrousel, da ist der Bürgerweg asphaltiert worden. Oder noch besser: sehen Sie sich die neue Straße an, die kürzlich von Monsieur Asphalt asphaltiert wurde. Wundern Sie sich nicht über den Namen. Da steckt vielleicht ein kleines Geheimnis darin." So. Diese Redakteure waren immer neugierig, man musste ihnen nur etwas vor die Füße werfen. Und dann kam ihm noch eine Idee. „Kennen Sie das Dame-Spiel. Das Beste ist eine Zwickmühle." Sprachs und verabschiedete sich.

Das mit der Zwickmühle war eher für ihn selbst gedacht. Wenn alles gut ging, war er ja dabei. Aber wenn es schlecht ging, dann steckte Madame de Maizière in einem erreur fatale. Und von Leroux hatte sie ganz gewiss nicht Unterstützung zu erwarten. Und die andern, was warn die schon! Steigbügelhalter für ihn.

In der Vorstadt

Adolphe hatte Ingenieur-Wissenschaften studiert. Dazu hatte ihn sein Vater gedrängt, der auf dem Bau gearbeitet hatte. Dort nicht nur fleißig, sondern auch umsichtig tätig gewesen war. Das war den Vorarbeitern und Werkmeistern aufgefallen. Man hatte den verständigen Mann mit untergeordneten Aufgaben bedacht und sie wurden reibungslos erledigt. Aber an einen Aufstieg war nicht zu denken. Deshalb hatte Antoine seinen Ältesten immer wieder angespornt, fleißig zu lernen. Hatte sparsam gelebt und so Geld auf die Seite gelegt, um die Ausbildung seines Sohnes zu finanzieren.

Alain, der jüngere Sohn, fühlte sich betrogen. Für ihn machte der Vater kein Aufheben. Alain wusste nicht, dass sich sein Vater so sehr eine Tochter gewünscht hatte. Und nun traf die Familie bei einem der Namensfeste zusammen. Es war beengt bei den Asphalts, man konnte einander nicht ausweichen. Die Wohnungen in diesem Quartier waren meist überbelegt. Wer konnte sich schon eine geräumige Wohnung in Paris leisten? Auf dem Land, Antoine dachte oft an seine Eltern auf dem Dorf, wieviel Platz die gehabt hatten. Bis die Pacht so hoch geworden war, dass die Eltern ihr Land verkaufen mussten. Da gabs für den Erstgeborenen nichts mehr zu erben. Aber der Vater hatte auf dem Bau Arbeit gefunden. Auch im Straßenbau hatte er gearbeitet. Hatte zu Hause von dem Schotten McAdam berichtet, dem sie jetzt nacheiferten. Dieser Ingenieur hatte einen Straßenaufbau erprobt, der das alte römische Verfahren verfeinerte. Der Vater, des Englischen nicht mächtig, sagte: Makadam. „Der Makadam-Aufbau besteht aus drei Lagen Schotter, wobei die Gesteinskörnungen von unten nach oben immer feiner wird. Diese Schichten bringen wir auf einer gewölbten Grundfläche auf, sodass sich ein Entwässerungsgefälle zu den Gräben an beiden Straßenseiten ergab; die Straßen haben jetzt immer Gräben. Jede einzelne Schicht verdichten wir mithilfe von Walzen unter Zugabe von Wasser. Die sind gut, die Straßen.“

Adolphe nickte. Auf den Untergrund kam es an. War der gut gemacht, dann hielt auch sein Asphalt. Und Adolphe berichtete von seiner Reise in die Schweiz. Nein, er berichtete nicht, sondern packte ein paar Brocken einer schwarzen Masse auf den Tisch. Der Vater missbilligte das; er hatte extra ein weißen Tuch auf den Tisch gelegt, wie das seine Frau auch immer getan hatte und wie das in bürgerlichen Haushalten längst Sitte war. Und nun dieser Dreck!

„Vater, das ist kein Dreck, das ist…“ Er machte eine Pause, sah die andern am Tisch herausfordernd an. „Das ist Asphalt.“

Ein Lachen brach auf. Asphalt, na klar!

„Es heißt wirklich Asphalt. Früher hieß es Judenpech. Aber heute nennen sie es Asphalt.“

„Wenn es Pech ist, dann klebt es. Nimm es vom Tisch.“

„Ja, es klebt. Aber nur, wenn es warm ist. Du musst es schon auf 200 oder 300 Grad erwärmen. Ihr könnt es in die Hände nehmen. Schau, die Decke ist nicht schmutzig.“

Die Verlobte von Alain nahm ein Stück in die Hand, wog es, roch daran. „Ist es giftig?“

„Nein. Wie kommst du darauf?“

Elise errötete, blickte auf Alain, errötete noch heftiger.

Der Vater: „Und das liegt in der Schweiz so rum?“

„Na ja, rumliegen tut es nicht. Es wird im Bergbau abgebaut. Es ist eine große, ich glaube sogar die größte Miene der Welt.“

Der Vater wog einen Klumpen Asphalt in seiner Hand. „Das lässt sich bestimmt leicht abbauen. Wie Steinkohle vielleicht.“

„Leichter. Sie haben mir einen Flöz gezeigt, der war 6 Meter hoch. Aber es soll noch mächtigere Flöze geben. Deshalb sind sie so ergiebig. Versorgen alle Welt damit.“

„Und was macht alle Welt damit?“

„Sie dichten ab. Sie haben im Tal Häuser bis an die Areuse gebaut und die tritt manchmal über die Ufer. Aber sie haben ihre Keller mit dem Pech abgedichtet. Und einige dichten sogar ihre Dächer da-mit. Die ha-ben mir erzählt, dass sie das Zeug an eine Stadt in Oberitalien geliefert haben und die haben ihren Staudamm damit abgedichtet. Aber das Tollste ist, dass sie auch die Fugen bei den Pflastersteinen abdichten. Stellt euch vor: die Straße ist jetzt ganz glatt. Kein Gerumpel mehr.“

„Du klingst so begeistert.“

„Ja, stellt euch vor, unsere Straße würde damit verschmiert. Man könnte ganz einfach laufen. Und vor allem fahren.“

„Und wer soll das bezahlen?“

„Ja.“ Das kam bedächtig. „Ja, das Zeug ist teuer. Aber ich habe schon eine Idee. Wenn Paris ihre Prachtstraßen damit belegen will, dann mach ich das.“

„Du?“ Der Vater klang überrascht. Auch die andern waren verwundert. Sein Bruder wandte ein: "Du kennst doch das Zeug gar nicht.“ Wandte sich an seinen Vater: „Wie teuer ist denn das Pflastern?“

„Ach, das ist sicher verschieden. Hier in Paris, ich weiß nicht. Wenn sie eine Tonne Steine bestellt haben, habe sie immer mit 10 Franken ge-rechnet.“

Sofort hakte Alain ein: „Und? Was kostet eine Tonne von deinem Juden-pech?“

Zögern die Antwort: „In Neufchatel verkaufen sie das Zeug für 20 oder 30 Franken.“

„Na, siehst du! Das ist doppelt so teuer oder dreimal!“

Adolphe verbesserte sich: „Nein, noch teurer. Es soll die beste Qualität sein. Vielleicht ist es noch teurer.“

Der Vater: „Das kannst du doch nicht bezahlen.“

Adolphe: „Ich habe einen Kredit genommen."

Der Vater ist ungehalten. Immer hatte er darauf geachtet, nirgend Schulden zu machen. Schulden ritten einen immer tiefer. „Wieso bist du nicht zu mir gekommen?"

„Vater, es musste ganz schnell gehen. Sie wollten eine Musterstraße asphaltiert haben."

„Wer ‚sie'?"

„Die Stadtverwaltung. Und sie geben mir das Geld wieder, sie bezahlen die Straße."

„Wirklich?"

„Ja, ein Mann in der Kämmerei hat mir gezeigt, wie ich die Rechnung stellen muss. Und jetzt geht die durch die Verwaltung. Da müssen noch mehrere unterschreiben."

Der Vater ist immer noch ungläubig. „Und dann kriegst du wirklich dein Geld wieder?"

„Vater, nicht nur wieder. Ich kriege das Geld, was mich der Asphalt gekostet hat, Geld für das Aus-bringen auf der Straße. Und für meine Arbeitsstunden. Und dann haben sie mir gesagt, soll ich zwölf Prozent draufschlagen." Er macht eine Pause. „Das ist mein Gewinn."

„Und wieviel ist das?"

Gespannt blicken Vater, Alain und seine Verlobte auf Adolphe. Das sind

950 Franc und 40 Centime!" Triumpf.

Der Vater: „950 Franc!" Es hatte sich also gelohnt, alles für die Kinder zu tun. Aber dann das Bedenken: „Aber du hast es noch nicht?"

„Nein. Das dauert, haben sie gesagt."

Alain mischt sich ein: „Aber du musst es der Bank zahlen."

„Klar."

„Und die gedulden sich?"

Adolphe lacht. „Das ist ja ihr Gewinn. Je länger ich den Kredit brauche, umso mehr Zins muss ich zahlen."

Die Bedenken werden also noch größer. „Bleibt dann von den 900 Franc etwas übrig."

„Klar. Eine Menge. Ich suche schon eine andere Wohnung." Er blickt seinen Vater an. Jetzt konnte er es ihm…, ja was? Zurückzahlen? Sie waren ja keine Kaufleute in der Familie. Der Vater hatte nach dem Tod der Mutter nur noch für seine beiden Söhne gelebt. Jetzt sollte er es ein bisschen besser haben. „Eine schöne Wohnung. Und groß. Da hast du dann dein eigenes Wohnzimmer. Schlafzimmer sowieso. Für dich wird auch Platz sein." Die Wendung zu seinem jüngeren Bruder. Der wehrte ab.

„Ich will deine Wohnung nicht. Ihr denkt nur an das Geld!"

Der Vater wollte vermitteln: „Er hat ja die Wohnung noch gar nicht. Er hat ja noch nicht einmal das Geld."

Alain hatte dem Reichtum entsagt. Er beobachtete mit Misstrauen, wie alles auf das Geld starrte. Er hatte alle seine Reichtümer, und eigentlich konnte man es nicht Reichtümer nennen, hatte sie auf dem Markt verkauft, im Pfandhaus versetzt und hatte mit dem Geld sich den Obdachlosen der Stadt zugewandt. Sorgte, dass sie eine warme Mahlzeit bekamen. Versorgte sie mit Decken. Ging, wenn es sie schwer traf, mit ihnen zu einem Arzt und über-nahm die Kosten. Als Alain dann aus der Wohnung seines Vaters Möbel zum Pfandhaus trug und schließlich sogar den neuen Anzug, den Adolphe zum 70. Geburtstag seines Vaters hatte schneidern lassen, war es zum Streit gekommen.

Alain blieb unbeirrbar. „Die Not wird immer größer! Ihr habt genug. Die Armen haben kein Obdach, kein Essen. Es ist unsere Pflicht, ihre Not zu lindern."

Der Vater ist überrascht. „Wieso ist es unsere Pflicht? Wir waren auch arm. Ich habe mir alles vom Munde abgespart, damit ihr es besser habt."

Wütend der Sohn: „Besser? Adolphe hatte es besser. Dem hast du alles reingesteckt."

Jetzt mischte sich auch Adolphe ein. „Du hättest auch etwas machen können. Aber du hast nie etwas gemacht. Außer Bücher lesen. ‚Reichtum für alle‘, ‚Die Genossenschaft des Glücks‘ – dafür hast du dein Geld ausgegeben."

„Ja, weil es so nicht weitergehen kann. Weil alles zerstört wird durch die Gier. Alles soll wie in den Fabriken werden: die Vielen schuften sich zu Tode und die Fabrikherren verprassen den Reichtum. Du bist genauso! Schau dich doch um! Wie leben die im Zentrum? Wie viele Zimmer bewohnen die? Wozu brauchen die eine Wirtschafterin? Wo gehst du eigentlich am Abend hin, wenn du deinen feinen Anzug anziehst?! Alles geht den Bach runter und ihr lasst es euch nur gut gehen. Wir sind die Letzten, die es ändern können. Wenn wir es nicht ändern, dann ist alles bald zu Ende."

Jetzt war auch Adolphe wütend geworden. „Und du glaubst, wenn du Vaters Sachen an die Armen verschenkst, wird alles besser? Der Reichtum, den du den Armen gibst, der muss erst erarbeitet wer-den. Von Vater, von mir erarbeitet werden."

„Ja. Du erarbeitest ihn und du verbrauchst ihn. Nichts bleibt für die andern. Die Armen bleiben arm."

„Die Armen bleiben auch arm, wenn du ihnen eine Decke schenkst. Die verkaufen sie, um sich eine Flasche Wein zu kaufen. Wenn du ihnen wirklich helfen willst, dann musst du ihnen Arbeit geben."

Spöttisch, fast schon provozierend: „Und? Gibst du ihnen Arbeit?"

„Ja. Das tue ich. Was glaubst du, wer den Asphalt auf den Straßen bringt, einstampft, verstreicht? Eine solche Arbeit gab es zuvor nicht. Steinklopfer gab es, die nichts verdienten. Jetzt wird es Asphal-tierer geben und die verdienen gut."

„Verdienen gut!" Höhnisch. „Hast du diese Arbeit ein einziges Mal gemacht? Ich hab sie beobachtet. Sie knien im Rauch des Teers, sie hus-
ten sich die Lunge raus. ,Verdienen gut' – sie leben immer noch in ihren
Löchern. Ihre Kleider sind Lumpen. Und ihre Kinder werden nicht Ingenieure und gehen abends in die Oper."

„Dann sorge doch dafür, dass sie ihr Geld nicht versaufen."

„Ich sorge dafür, dass sie nicht verhungern."

„Aber dazu musst du nicht mit ihnen kuscheln."

„Ich kuschle nicht mit ihnen."

„Und woher hast du dann diese Ekzeme?"

Schweigen. Denn Alain konnte absehen, das als nächstes der Vorwurf
kommt: er habe die Mutter infiziert, er sei an ihrem Tod schuld.

„Lass mich in Ruhe." Wendet sich ab.

„Und du lass uns in Ruhe. Wenn du noch mal etwas von Vater stielst,
schicke ich dir die Polizei auf den Hals."

Im Ministerium

Seien Sie pünktlich! Hatte es im Billett von Ma-dame de Maizière geheißen. So war er sicherheitshalber weit vor der Zeit im Foyer. Hatte dem
Portier erklären müssen, dass er – mit Madame de Maizière – Vorspra-
che halten sollte und hier noch warten müsse. Auch auf Monsieur Asphalt.

Monsieur de Montmorency empfing sie in seinem Büro. Aber er ließ sie
nicht ablegen, sondern warf sich selber seinen Mantel über. Zeigte zur
Tür und sagte: „Madame, ich habe versprochen, Ihnen einen Termin zu
besorgen. Wir gehen rüber ins Kriegsdépartment."

Man sprach nur wenig, die handelnden Personen kannten sich, was die Herren anbetraf wenigstens von der letzten Veranstaltung der Fédération du Progrès de France. Im Kriegsministerium wurden sie ins Vorzimmer von Colonel de Tourenne geführt, konnten ablegen, Madame konnte ihre Frisur ordnen. Dann wurde die Tür aufgestoßen und ein Offizier trat in den Türrahmen. Er küsste Madame de Maizière die Hand und ließ seinen Blick lange über dieser Frau gleiten. Sie sah aber auch hinreißend aus! Bestimmt schon über 50. Aber eine schlanke Taille, ein voller Busen und, das war das Schönste: eine makellose Haut. Ein Teint, der durch das Strahlen dieser Frau umwerfend war. Dann ließ er sich mit Martin Martineau bekannt machen. „Mein Assistent." Und mit Adolphe Asphalt.

„Madame, es ist mir eine Ehre, eine so schöne Nachfahrin des berühmten Phillip de Maizière begrüßen zu können. Ich wünschte mir, einer meiner Vorfahren hätte unter seiner klugen Politik als Militär dienen dürfen. Politik und Militär müssen einander vertrauen; lassen wir es heute so gelten: sie stehen für eine Politik des Fortschritts und ich stehe für das Militär, das die Sicherheit unseres Vaterlandes gewährleistet. Ich habe mir berichten lassen, dass Sie als Frau sich dem Fortschritt verschrieben haben; ich bin gespannt." Er machte eine auffordernde Geste.

„Mon Colonel, ich bin Ihnen zu äußerstem Dank verpflichtet, dass Sie von Ihrer knappen Zeit etwas für mich erübrigen können." Sie raschelte mit ihrer Bluse, strich sich mit ihrer Hand über den Busen, sodass de Tourenne seinen Blick folgen lassen konnte. „Ihre Zeit ist knapp und mein Assistent wird Sie mit unserem Vorschlag vertraut machen. Die Person vom Fach, Monsieur Asphalt, steht dann für Fragen zur Verfügung."

Der Oberst nickte zustimmend. Und Martineau erhob sich, verneigte sich knapp vor Colonel de Tourenne und den beiden Militärs auf seiner linken Seite. Martineau hatte sich im Raum umgesehen, schritt zu einer Wandkarte und stellte eine Reproduktion eines Gemäldes davor. „Ein Militärzug. Im Sommer. Auf einer staubigen Straße. Meine Herren, Sie können nur den vorderen Teil der Kolonne unserer Grande Armee sehen, der weit längere Teil ist in Staub gehüllt. Das ist der Zustand unserer Straßen. Von Schlaglöchern können wir auf diesem Gemälde nichts sehen, aber es bedarf nicht Ihrer Phantasie. Sie kennen das, wenn Geschütze oder Fouragewagen in solche Löcher rumpeln. Vielleicht nähert man sich dem Feind. Leise? Gewiss nicht. Und werden die Soldaten frei atmen? Ebenfalls ge-wiss nicht.

Diesen Übeln kann abgeholfen werden. Monsieur Asphalt…" Kurze Wendung zum Ingenieur. „…hat in Paris eine Musterstraße mit einem neuen Belag versehen. Glatt, haltbar, komfortabel. Auf seiner Oberfläche… Damit Sie nicht nur davon hören, hat Monsieur Asphalt Probestücke mitgebracht." Kurzes Nicken in dessen Richtung. Asphalt sprang auf, umrundete den großen Konferenztisch und legte zwei Rahmen vor die Militärs. In dem einen Rahmen waren Pflastersteine im Wiener Format zu einem Straßenstück verarbeitet. Aber die Fugen zwischen den Steinen waren mit Teer vergossen. Das andere Rahmenstück war halb so dick und nur halb so schwer. Es war eine glatte Asphaltfläche. Monsieur Asphalt konnte nicht anders: „Ich habe ihn poliert. Vor dem Hauptquartier ihrer Armee sollte er wie Marmor glänzen. Auf den Bergstraßen würde ich es rau gestalten, dass weder Pferd noch Wagen ins Rutschen kommen."

Mme. de Maizière räusperte sich leise und Adolphe Asphalt umrundete sofort den Tisch, setzte sich still wieder auf seinen Platz. Ihr Assistent fuhr fort. „Meinen Herren, das Straßennetz Frankreichs vergrößert sich. Insbesondere von den Häfen, von den Städten mit Fabriken, von den Kasernen gehen mehr und mehr Straßen aus. An uns ist es, für eine leichtere Beförderung von Gütern und Personen zu sorgen. So bequem, wie auf asphaltierten Straßen, kann nichts befördert werden. Und einmal eingerichtet, sind solche Straßen leicht zu beräumen. Kehricht und Schnee oder was auch immer, denken Sie nur an das Umfeld von Märkten oder an unsere Markthallen hier! Mit einem Schwapp Wasser ist alles sauber zu halten. Reparaturen sind binnen einer Stunde erledigt. Kurz: Straßen mit Asphaltdecke sind die Zukunft. Lange haben römische Straßen das Römische Reich in die Lage versetzt, seine Truppen in höchster Geschwindigkeit durch die zivilisierte Welt zu bewegen. Heute, mit unserer Artillerie, brauchen wir neue, andere Straßen, heute brauchen wir asphaltierte Straßen von der Normandie bis zu den Vogesen, vom Canal bis zu den Pyrénées!" Und setzte sich mit glänzenden Augen hin.

Der Colonel nickte befriedigt und schaute zu Mme. de Maizière. Die machte ein fragendes Gesicht und forderte, da niemand Einwände erhob, dann Monsieur Asphalt auf.

„Adolphe Asphalt", mit gestrafter Körperhaltung schlug er die Hacken zusammen. „Ingenieur der École nationale des ponts et chaussées, in der Armee als Militäringenieur gedient."

Das gefiel den Herren. Der bisherige Vortrag war doch ein bisschen weit weg von ihren täglichen Aufgaben. Ein Militär also. Der Straßen baut.

„Meine Herren, wir wissen aus sicheren Quellen, dass die Preußen Ingenieure durch Europa schicken. Unter anderem begutachten sie auch unsere Straßen. Wie unsere Straßen gegenwärtig aussehen, hat Monsieur Martineau bereits umrissen. Bei unserem Chaussee-Programm haben wir große Fortschritte gemacht. Wir haben viele Kilometer Sandpisten in anständige Straßen verwandelt. Aber bereits jetzt zeigt sich, und zwar insbesondere da, wo die Belastung sehr hoch ist, dass Reparaturen nötig werden. Je mehr Chausseen wir bauen, umso mehr Reparaturen werden wir zu tätigen haben. Besser wäre es, wenn wir die knappen Ressourcen, ich will hier nicht einmal von dem Mangel an Fachkräften reden, einsparen könnten. Es ist wie bei Ihnen. Für eine gut funktionierende Armee braucht es Ausbildung, viele Monate Ausbildung. So auch im Straßenwesen." Mme. de Maizière räusperte sich. „Asphaltierte Straßen, das zeigen meine Versuche, halten wechselnden Ansprüchen stand. Die schweren Lafetten haben sogar einen verdichtenden Effekt. Und ein solcher Asphalt muss überhaupt nicht mehr repariert werden. Die asphaltierte Straße kann den Verkehrsaufgaben angepasst werden; wir sind nicht mehr der Topografie des Geländes unterworfen. Die Entwässerung war schon erwähnt worden. Die Beräumung, zum Beispiel in den Bergen, kann leicht mit Schneepflügen erreicht werden. Denn die

Oberfläche ist glatt, wie Sie sich an meinen Mustern überzeugen konnten. Damit sind die Bergstraßen länger passierbar; ein Vorteil, den Militärs zu schätzen wissen sollten. Von dem schnelleren Transport, von dem geräuscharmen Transport hat M. Martineau schon gesprochen. Lassen Sie mich noch auf einen nachgelagerten Vorteil kommen: Ich weiß nicht, wie viele Verwundete unterwegs ins Lazarett an den Straßenstößen gestorben sind. Mit asphaltierten Straßen gleiten sie in ihren Genesungsschlaf."

Die Herren lächelten. Das war denn doch zu viel Poesie. Colonel de Tourenne: „Gestatten Sie eine Frage?"

Adolphe Asphalt richtete sich kerzengerade auf.

„Es gibt nur Vorteile?"

„Mon Colonel, es gibt einen entscheidenden Nachteil: die Kosten liegen über dem von gepflasterten Straßen. Gegenwärtig sind solche Straßen doppelt so teuer."

Einer der Offiziere warf ein: „Aber hier, Ihr Muster einer gepflasterten Straße, kann hier Asphalt direkt aufgetragen werden oder braucht Ihre Straßen einen anderen Unterbau?"

„Eine sehr gescheite Frage. Da, wo der Unterbau akkurat ausgeführt wurde, keine gravierenden Schäden festzustellen sind, da kann sofort asphaltiert werden."

„Und wie passiert das? Und wie lange dauert das, bis die Straße vollständig belastet werden kann?"

„Nun, bisher haben wir Naturasphalt aus der Schweiz importiert. Dieses Produkt hat eine sehr gute Qualität und steht in ausreichender Menge zur Verfügung. Aber wir haben gerade im Elsass, bei Lobsann, eigene Vorkommen entdeckt. Und ich las, dass man auch im Gebiet Seyssel erfolgreiche Bohrungen zu Tage gefördert hat. Frankreich wird sein Straßen mit eigenem Material versorgen können. Nun zu Ihrer Frage, wie lange das dauert. Für eine Straße mit Pflasterung, nehmen wir den Unterbau als bereits gegeben an, für 100 m Straße brauchen sie, wenn

Ihnen vier Pflasterer zur Verfügung stehen, in der Regel 3 bis 5 Tage. Für die Asphaltierung einen. Einen!"

Die Offiziere machten ein Geräusch des Erstaunens. Colonel de Tourenne fragte nach: „Braucht es immer einen solchen Unterbau oder könnte man im Gelände, für vorübergehende Zwecke, die Zufahrt für ein Geschütz asphaltieren?"

„Ein brillanter Vorschlag. Wenn der Unterboden verdichtet ist und nicht gerade morastig, dann können Sie asphaltieren."

Der andere Offizier wolle es präziser wissen. „Sie müssen den Werkstoff erwärmen? Wie wollen Sie das im Gefechtsfeld machen?"

„Wir haben zwei verschiedene Arten der Asphaltierung. Besonders die ersten Versuche wurden mit Gussasphalt durchgeführt, da brauchen Sie spezielle Wagen mit einer Heizquelle. Die Straße, die ich in Paris asphaltiert habe, wurde mit Stampfasphalt versehen. Das ist zerkleinerter Naturasphalt, den wir dann durch Einwalzen und Stampfen zu einer dünnen Schicht gebracht haben. Sie werden sich an Ihren Unterricht erinnern, dass das Stampfen auch Wärme erzeugt, ausreichend Wärme erzeugt."

Endlich meldete sich auch der dritte Offizier zu Wort, mit einem fragenden Blich auf de Tourenne und dessen Erlaubnis: „Sie sprechen von Naturasphalt. Als gäbe es auch noch einen anderen?"

„In der Tat. Aber gestatten Sie mir zuvor noch einen Nachtrag. Ich habe mit einem weiteren Verfahren experimentiert. Ich lasse auf einem Werkhof den Asphalt zu Platten gießen. Die kommen auf die Straße und werden wie Marmorplatten im Schlosshof verlegt. Das könnte ohne Feuer und Rauch und ohne Lärm geschehen. Sozusagen, ohne dass die Preußen davon etwas mitbekommen."

Die Offiziere lächelten fein.

„Nun zu ihrer Frage Natur- oder Kunstasphalt. Die ersten Straßendecken, ich sprechen von Indien von vor 3.000 Jahren, die ersten Decken wurden mit Bitumen aus natürlichen Quellen oder Teer hergestellt.

Teer erzeugt Frankreich bei der Verkokung von Steinkohle, es ist sozusagen ein Abfallprodukt. Meine Asphaltplatten habe ich nach dem Verlegen mit Teer ausgegossen. Und die Verdichtung erfolgt durch den nachfolgenden Verkehr. Die Kosten sinken also mit jedem Versuch, mit jeder Erkenntnis."

Colonel de Tourenne nahm den Hinweis auf die Kosten zum Anlass, das Gespräch zu seinem Ende zu führen. „Danke, mein Herr." Wendung zu Madame de Maizière. „Wir haben zwei sehr gute Vorträge gehört. Sie werden mich nicht überraschen, wenn Sie nun den Wunsch nach finanzieller Unterstützung aussprechen…"

Madame unterbrach: „Mon Colonel, wir sind nicht des Geldes wegen hier."

Das war ein Paukenschlag. „Nun überraschen Sie mich doch. Nicht?"

„Nein, die Fédération du Progrès de France möchte dem Fortschritt dienen. Und wenn dieser Fortschritt von den Franzosen erkannt wird, wird es auch genügend Geld geben, ihn durchzusetzen."

„Aber, Madame de Maizière, was wollen Sie dann?"

„Ich möchte, dass Sie uns eine Straße vor einer Kaserne zur Verfügung stellen. Martin…"

Der Assistent sprang auf und legte eine großformatige Skizze neben sein Gemälde der Napoléonischen Armee. Es war eine technische Darstellung einer Phantasiestraße. „Wir möchten den Nachweis antreten, wie unterschiedliche Straßen beziehungsweise Straßenbeläge den Anforderungen einer militärischen Nutzung gerecht werden. Diese Straße wollen wir in unterschiedliche Abschnitte unterteilen. Sie erkennen hier verschiedene Strukturen. Diese hier steht einfach für einen Sandweg, diese für Schotter, für Schotter mit Teerverguss. Hier haben wir ein dörfliches Pflaster, sogenannte Katzenköpfe, hier Granitpflaster nach Wiener Maßen. Aber wir probieren auch Klinker und Zementwürfel aus. An dieser Stelle würden wir mit Holz pflastern, und zwar unterschiedliche Hölzer. Bei diesem Abschnitt greifen wir auf das opus caementitium der alten Römer zurück. Ja, wir greifen sogar einen Vorschlag aus der Fachliteratur auf: die Versiegelung der Schotterstraße mit Wasserglas. Und natürlich kommt auch Asphalt vor, das versteht sich. Hier Gussasphalt, hier gestampfter Asphalt, anschließend Asphaltplatten."

Die Militärs waren sehr angetan. Kein Geld, aber garantiert die Aufmerksamkeit unten wie oben. Der schweigsame Offizier lächelte. Du Tourenne: „Was denken Sie?"

„Ach, wenn ich die Straße mit Pflasterung sehe, sehe ich aufgebrachten Pöbel, der daraus Granaten macht. Mit Asphalt wird ihm das nicht mehr gelingen. Vielleicht sollten wir auch die Straßen vor dem Hauptquartier asphaltieren lassen…"

Ein feinsinniger Gedanke, man erinnerte sich an die Revolution von 48 und lächelte.

Colonel du Tourenne straffte sich. „Madame la Présidente, Sie haben uns angenehm überrascht. Ihre Vorträge waren sehr inspirierend." Anerkennende Blicke zu Asphalt und Martineau. „Es wird im Hause noch einiger Gespräche bedürfen, aber ich gebe Ihnen mein Wort, dass Monsieur Asphalt zwei Straßen bekommt, eine vor unserem Hauptquartier und eine vor einer Kaserne, einer Artilleriekaserne."

Diner privé

Als die drei das Ministerium verlassen hatten, gaben sie ihrer Stimmung gelassen Ausdruck.

„Das war ein Durchmarsch. Das lief hervorragend. Hatten Sie das vorbereitet?"

Mme. de Maizière schüttelte ihre Locken. „Durchaus nicht. Sie waren beide eben sehr gut. Das haben wir sehr gut gemacht."

Adolphe Asphalt wäre am liebsten sofort irgendwo eingekehrt. Aber

Mme. den Maiziere warnte. „Lassen Sie uns den Bären schlachten, wenn er geschossen ist. Es kann immer etwas dazwischenkommen."

Es kam nichts dazwischen. Billette erreichten Martineau und Asphalt bereits nach einer Woche. Einladungen zu einem privaten Abendessen im schön-en Haus der de Maizières. Als die beiden Herren eintrafen, zufällig zur selben Zeit, war der Vorstand der Fédération bereits anwesend. Nein, nicht der Vorstand in Gänze. Madame hatte nur die Herren Leroux, Bernard und Beaulou eingeladen. Es war ja auch keine Vorstandssitzung. Mit Bernard teilte sie ein bisschen Familie, Beaulou war ihr im Vorstand wichtig, weil er sich von Legrand nicht vereinnahmen ließ. Leroux, bei Leroux wusste sie nicht, auf welche Seite er sich schlagen würde, aber er war der intelligenteste. Man hatte also ein paar Vereinsangelegenheiten besprochen und Madame hatte vom Erfolg im Kriegsministerium erzählt.

Dann war die Gesellschaft komplett und das Essen wurde serviert. Natürlich sollten alle Fragen mit dem bevorstehenden Projekt besprochen werden. Adolphe Asphalt konnte aber nicht warten, sondern warf ein übles Blatt auf den Tisch. In einem Artikel wurde seine Person in Frage gestellt. Man spekulierte über seinen Namen. Aber viel ärgerlicher war ihm, dass seine Qualifikation in Abrede gestellt wurde.

„Nein", widersprach Leroux, „lesen Sie nur genau. Die Leute äußern Vermutungen, sie lassen ominöse Leute zu Worte kommen. Nein, kein Gericht würde den Redakteur wegen Ehrabschneidung verurteilen. Die Leute sind geschickt, sie lassen die Leser ihre Schlüsse ziehen."

„Aber genau darum geht es: um meine Ehre", beharrte M. Asphalt.

Leroux: „Ehre ist ein schwer zu fassend Ding. Heute ist das Ehre, morgen das. Wenn Sie vom Militär den Auftrag bekommen… Passen Sie auf, dann werden Sie Lobeshymnen zu lesen bekommen. Und alles, was zuvor zusammengekliert wurde, ist vergessen. Junger Mann, ein bisschen mehr Noblesse!"

Martineau mischte sich ein: „Aber es ist doch gar kein Auftrag des Militärs, es ist eine Erlaubnis, mehr nicht."

„Eine solche Erlaubnis ist wie ein Adelsprivileg oder wie wir heute in der Bank sagen: ein Options-schein. Was glauben Sie, was Sie mit einem Optionsschein alles machen können."

„Ja, aber wenn es kein Auftrag ist, gibt es von dieser Seite auch keine Finanzierung." Er wendet sich an M. Asphalt. „Wieviel werden Sie brauchen?"

„Ach, es wird gar nicht so viel sein. Wenn die Leute hören, dass es für das Militär ist, investieren sie in diese Zukunft. Mindestens Nachlässe sind dann zu erwarten."

Jetzt mischte sich Mme. de Mailziere ein. „Mehr als Preisnachlässe. Ich mache Sie mit einem Lieferanten bekannt, der uns Kredit einräumen wird. Allerdings erwartet er auch zu Recht, dass alle weiteren Aufträge an ihn gehen. Und für den kleinen Rest an flüssigen Finanzmitteln habe ich einen Geldgeber gefunden. Also, seien Sie ohne Sorge, feiern wir!"

Während M. Beaulou sich mit M. Asphalt unterhielt und M. Martineau vor sich hin grübelte, wendete sich Mme. de Maizière an Leroux. „Ist das eine Kampagne?"

Leroux wusste sofort, worauf sie anspielte. „Das glaube ich nicht. Da wird ein anderes Ziel verfolgt. Geht es gut, braucht man ein anderes Spielfeld; geht es schlecht, kann man sofort seine Ziele durchsetzen."

Madame ahnte, worauf es hinauslief. Aber sie konnte schlecht direkt fragen, auf welche Seite sich Leroux stellen würde. Wahrscheinlich immer auf die Seite des Siegers. Sie musste mit dem Projekt einfach Erfolg organisieren. So ließ sie die Gläser nachfüllen, schlug leicht gegen ihr eigenes und begann zu sprechen: „Monsieur Martineau hat mir immer gute Dienste geleistet. Aber er ist jung; und es ist das Vorrecht der Jugend, auch Grenzen zu überschreiten. Mit seinem Insistieren auf der Veranstaltung hat er mir einen guten Dienst erweisen wollen. Und dabei auf Monsieur Legrand ehrverletzend gewirkt. Ich finde, dafür sollte er sich entschuldigen. Und natürlich habe ich ihn sofort von seiner Assistenz entbunden. Aber seine Fähigkeiten sind so umfassend. Wenn ich an das Projekt vom letzten Sommer denke, wie er das gemeistert hat. Er war der Einzige, der immer die Übersicht hatte, der Einzige, der bei der Krise nicht den Kopf verlor. Mit seiner Risikoeinschätzung hatte er uns gezeigt, welchen Weg wir einschlagen mussten, um die Krise zu meistern. Und wir haben – dank seiner Steuerung – Erfolg gehabt. Ich erhebe mein Glas auf Monsieur Martineau!" Alle nahmen einen Schluck. Doch Madame war noch nicht fertig. „Im Kriegsministerium möchte man die beiden Projekte von unserer Seite gesteuert wissen. Da es im gewissen Sinne ein militärisches Projekt ist, wurde eine militärische Person vorgeschlagen. Da ich diese Person nicht sein kann, fiel die Wahl auf Monsieur Martineau. Die technische und kaufmännische Leitung wird in den Händen von Monsieur Asphalt liegen und Projektleiter und Verbindungsoffizier…" Madame lächelte Martineau an, „wenn ich Ihrer militärischen Karriere vorgreifen darf – Verbindungsoffizier wird Monsieur Martineau sein." Martineau war überrascht. Er murmelte etwas von ‚Ordonanz' und nickte mehrmals mit seinem Kopf. „Stoßen wir an auf die Leitung unseres neuen Fortschrittsprojektes, auf Monsieur Asphalt und Monsieur Martineau!" alle hoben ihre Gläser und tranken.

Die Herren waren gegangen. Nur Asphalt und Martineau hatte Madame noch gebeten kurz zu bleiben. Man hatte über die nächsten Aufgaben gesprochen und alles sorgfältig abgestimmt. Bon! Auch Asphalt ging jetzt, während Martineau noch bleiben musste.

Martineau ergriff die Hand von Madame de Maizière. „Ich muss Ihnen danken. Es ist eine Achterbahn. Erst dachte ich, alles, was ich hier begonnen hatte, ist zu Ende. Dann der Trost mit Ihrer Privatanstellung. Aber nun!"

„Ich wusste bei du Tourenne nicht, ob Sie schon beim Militär waren. Ich habe versprochen, dass Sie sich melden werden und alles in den Akten geordnet wird."

Martineau unterbrach kurz: „Ich war bei den Kadetten; bin aber rausgeflogen."

Madame lachte herzlich auf. „Wunderbar! Dann werden Sie Ihre militärische Karriere jetzt fortsetzen. Sie werden einen Rang bekomme und ein Salär. Man will ein militärisches Projekt nicht von einem Zivilisten leiten lassen."

„Aber Monsieur Asphalt ist Militär. Dann könnte doch er…"

„Ich weiß. Aber ich will, dass Sie das Projekt leiten. Ich will Sie."

Ihre Hand legte sich auf die Hand des jungen Mannes. „Oder finden Sie mich abstoßend?"

„Abstoßend? Was für ein absurder Gedanken. Madame, Sie sind eine der schönsten Frauen, die ich kenne."

„Aber vielleicht kennen Sie einfach zu wenige?"

Martineau: „Eine große Landstraß ist unsere Erd/Wir Menschen sind Passagiere/Man rennet und jaget/zu Fuß und zu Pferd, Wie Läufer oder Kuriere/Man fährt sich vorüber, man nicket, man grüßt/Mit dem Taschentuch aus der Karosse/Man hätte sich gerne geherzt und geküsst/ Doch jagen von hinnen die Rosse."

„Sind das Ihre Worte? Sind Sie auch noch ein Dichter?"

„Nein, das sind die Worte von dem 56 verstorbenen Heine. Aber sie drücken meine Empfindung sehr gut aus. Deshalb habe ich sie mir geborgt."

„Aber warum sprechen Sie im Konjunktiv? Das klingt so enttäuscht." Sie nahm ihr Glas und trat ans Fenster. Martineau nahm sich ein Herz. Er blies die Kerzen aus… Das musste Madame mitbekommen haben. Keine Reaktion. Er trat zu ihr an Fenster. Trat hinter sie. Und sie ließ sich etwas nach hinten fallen, lehnte an ihm. Seien Hände glitten auf ihre Hüfte. Es war Atlas, der so leise raschelte und so gleitend war. Seine Hände strichen zur Taille empor. Und die Frau drehte sich in der Hüfte, langsam.

Und dann lehnte ihr ganzer Körper wieder an Martineau, diesmal jedoch nicht rückwärts. Seine Hände auf ihrer Hüfte, der Busen berührte leicht sein Jackett, aber er konnte ihn spüren. Dann fuhr ihre Hand an seinem Arm entlang, über die Schulter, auf seinen Hinterkopf, griffen in die Lockenpracht. Und zog den Kopf herab. Und sie küsste ihn.

Hin und her

„Jetzt", giftete Legrand, „tut der Herr groß! Beruft sich immer auf die Bürgersteige auf den Brücken, nein, auf seine Straße. Aber vor 30 Jahren haben sie in Lyon schon solch eine Probestraße asphaltiert. Und was ist passiert seitdem? Nichts! Nichts, weil es sich nicht bewährt hat mit diesem Wunderwerkstoff, dessen Namen sich dieser Herr einfach angeeignet hat."

Die beiden Redakteure grinsten. „Das mit dem Namen ist doch eine wunderbare Erfindung. Ich werde mich ab sofort ‚Gazette de Paris' nennen."

„Haha, da wird dir der Patron die Ohren langziehen." Die beiden grinsten immer noch.

„Abgebrochen, habe ich gesagt. Machen Sie doch eine Kostenrechnung und fragen Sie in den Kommunen nach, wer so viel Geld hat?! Und überhaupt: der Stoff ist lange bekannt. Geteerte Straßen hatten die schon in Indien. Vor tausend Jahren."

Der Redakteur warf ein: „Ja, schauen Sie sich Indien heute an. Sehen Sie da irgendwelche geteerten Straßen?"

„Ja, eben nicht! Aus gutem Grund. Nein, eigentlich aus schlechtem Grund. Das Zeug ist rar, das Zeug ist gesundheitsschädlich. Halten Sie mal Ihre Köpfe über ein Fass von heißem Teer…"

„Das nicht, aber die Römer haben tatsächlich mit dem Zeug ihre ganzen Wasserbauwerke gedichtet. Und sie haben…"

Legrand: „Sehr richtig. Und wissen Sie, was sich aus diesen Anstrichen für schädliche Bestandteile gelöst haben. Heute ist das große Rom untergegangen. Weil sie alle krepiert sind. Also ich bitte Sie, haben Sie doch Einsicht! Das ist doch ein schönes Thema für Sie. Darf ich Ihnen noch ein Glas spendieren?"

Das Thema blieb in der öffentlichen Debatte. Aufmerksamkeit für das große Versuchsprojekt war ja nicht schlecht. Aber dabei kam es immer wieder zu Gehässigkeiten. Ergebnisse lagen noch gar nicht vor, da erschien ein Haufen Straßenkehrer, die beklagten, dass sie bei asphaltierten Straßen ihre Arbeit verlieren würden. Sie skandierten: Arbeit ist Brot und Brot ist Leben! Auch Stimmen aus den Kommunen waren zu vernehmen. Ein Lateinprofessor verwies darauf, dass ‚strata‘ die gepflasterte Straße bedeute. Gepflastert und nicht geteert! Und Bürgermeister sangen ein Loblied auf die gepflasterten Straßen. Bis man entdeckte, dass sie Eigner von Steinbrüchen waren. Ein Hundsfott, der einen Zusammenhang sieht!

Madame de Maizière ließ sich bei einem Gespräch mit einem Mediziner portraitieren. Dieser proklamierte die Unschädlichkeit des Bitumens. Und verwies darauf, dass der Stoff im Mittelalter als Heilmittel gegolten habe und dass die alten Ägypter ihn für die Einbalsamierung ihrer Könige benutzt hatten. Er schade nicht, sondern erhalte. Und Madame zeigte dem Zeichner ein kleines Amulett. „Das ist Asphalt. Und ich trage es am Halsband. Es liegt seit Wochen auf meinem Dekolleté. Und können Sie irgendeinen Makel entdecken?" Sie schob ihren Schal zur Seite und ließ Reporter und Zeichner einen ausgiebigen Blick auf ihr wunderschönes Dekolleté mit seiner alabastergleichen Haut werfen. Kein Wunder, dass in der Zeichnung der Busen von Madame de Maizière eine hervorragende Rolle einnahm und sich viele der Leser ausgiebig informierten und die Gazette immer wieder zur Hand nahmen.

Im Streit der Worte hat der immer leichteres Spiel, der mit Andeutungen, mit Unterstellungen hantiert. In einer kleinen Schmähschrift wurde das Militär verspottet. Es gäbe unser Geld für ein paar Kilometer Straßen aus, während überall, in England, in Deutschland Eisenbahnen gebaut würden. In einer witzigen Zeichnung zog der Preußenkönig seine ganze Armee auf einer Eisenbahn nach Neuen-burg, während Napoléon der Dritte mit einem Karren auf einer asphaltierten Straße nach Neuchâtel zuckelte. Es gab sogar einen Bänkelgesang, der den Asphalt verspottete. Aber der sorgte eher dafür, dass die öffentliche Meinung umschlug.

Vielleicht hatte daran auch die Chrestomatie Anteil. Martin Martineau hatte sich inzwischen ausgiebig mit diesem Werkstoff beschäftigt. In seinem Lesebuch zitierte er römische und ägyptische Geschichtsschreiber, die die Fülle der Anwendungen des Erdpechs beschrieben. Die Hängenden Gärten der Semiramis wurden erwähnt, die berühmten Badebecken und Toiletten Mesopotamiens. Aus der Moderne folgte die Entdeckung der Schweizer Asphaltvorkommen La Presta im Val de Travers durch den griechischen Arztes Eirini d'Eirinis. Wegen der technischen Vorzüge dieses Materials verfasste der schließlich 1721 seine „Dissertation über den Asphalt oder Naturzement" und begründete damit die moderne Asphalttechnologie. Man war nicht erfreut, dass auch ein Deutscher in dieser Übersicht zu Worte kam. Martineau hatte das Werk eines Ingenieurs ausfindig gemacht, der schon eine «Theorie des Fuhrwerks» vorgelegt und 1802 einen «Versuch eines Theersieder-Fuhrwerks mit Anwendung auf den Strassenbau» beschrieben hatte. Wichtiger noch war die Arbeit des Schweizer Kantonsingenieur Andreas Merian, der 1851 über eine Versuchsstraße berichtete: «Weder Staub noch Koth; Undurchdringlich für Wasser; Kein Lärm und Gerassel in den Orthschaften; Keine Stösse fürs Fuhrwerk; Keine Erschütterung der Nebengebäude; Leichte Reparatur und geringe Unterhaltungskosten; Kein beschwerliches Befahren unmittelbar nach der Reparatur wie sonst bei Schotterstrassen; Der Schnee hält weniger darauf; Fähig größere Lasten zu führen, geschwinder und überhaupt angenehmer zu fahren; Angemessener für den Gang der Zugthiere als auf Pflaster und bekiesten Straßen.»

Zum Publikumsmagneten wurde der Einsatz neuer Maschinen. Bisher hatte M. Asphalt Walzen von Pferden ziehen lassen, um den Untergrund zu verdichten und auch um den Asphalt zu glätten und die Übergänge zwischen Platten oder zwischen Pflaster und Asphalt zu egalisieren. Nun aber war die Fédération du Progrès de France richtig berühmt und einem breiteren Publikum bekannt geworden. Ein Dampfwagen, ein Kolos von einer Maschine, aber eben selbstbewegt und nimmermüde. Diese Dampfwalze mit ihrem ungeheuren Gewicht bügelte die Straßen glatt. Und noch vor der offiziellen Einweihung der Asphaltstraße vor dem Generalquartier der Armee sah man Offiziere und Soldaten über die spiegelglatten Straßen flanieren.

Ja, eben, hieß es in den Kritiken: spiegelglatt! Wir werden uns bei jedem Regen noch die Knochen brechen. Und wer es nicht selbst tut mit einem Sturz, der wird von einem ausgleitenden Pferd niedergerissen. Oder einer schleudernden Kutsche! Und: Früher war die Straße ein Ort für alle, ein Treffpunkt, auf dem man ohne Gefahr sich austauschen konnte. Jetzt muss man befürchten, dass hindurchrasende Kutschen oder die neumodischen Kraftwagen uns die Straße verleiden, sie zu einem Ort der Gefahr machen. Aus einem Place de Communs wird ein privilegierter Ort! Was früher ein Spielplatz der Kinder war, wird nun zu einem Ort von Toten und Verletzten! Und das abwechslungsreiche Spiel der verschiedenen Straßen, insbesondere zu unterschiedlichen Jahreszeiten, das geht im Einerlei der verteerten Straße verloren! Stellen sie sich nur unsere schönsten Landschaften vor; wie auf der dörflichen Straße eine Herde Ziegen getrieben wird. Und nun sieht man ihren Bürgermeister sitzen und rechnen, wie er die Auflagen aus Paris erfüllen soll, und verzweifeln! Man preist uns, wie leise die Fortbewegung auf diesem schwarzen Belag ist. Ja, wir werden die Räuber nicht mehr Kommen hören, die Diebe nicht mehr zu fassen kriegen! Und das nennen sie Fortschritt!!

Eine geradezu skurrile Debatte zog der Vorschlag Martineaus nach sich. Er hatte in seiner Chrestomatie brav alle Vorzüge aufgelistet. Hatte selbst die Kinder nicht vergessen, die auf dem Asphalt viel besser mit dem Ball spielen konnten, ja sogar neue Spiele erfanden, mit Kreide. Aber dabei war ihm eine Idee gekommen. Er überzeugte Adolphe (die beiden duzten sich inzwischen), neben der Probestraße einen Bouleplatz zu asphaltieren. Und die ersten Männer gewonnen, die ihre silbernen Kugeln hier ausprobierten. Und nun hatte sich die Männerwelt in zwei Parteiungen gespalten: die einen, die bei ihren Sandplätzen bleiben wollten, die anderen, die mit der Zeit gehen wollten und für längere Bahnen plädierten.

Und dieselbe Spaltung, als die Männer am Straßenrand erfuhren, dass man in Deutschland eine erste Prachtstraße in Hamburg, den Jungfernstieg, asphaltiert hatte. Äffen wir jetzt die Boches nach? fragte man. Sind w i r nicht die Grande Nation? fragten sie.

Die Einweihung

Die Augen aller auf der Straße vor dem Sitz der Militärführung wandten sich zum Tor. Dort hatte Punkt 16 Uhr die Militärkapelle mit ihrem Lärmen begonnen. Das Tor wurde von zwei Soldaten aufgefahren und man konnte das prächtige Musikkorps sehen. Der Tambour schwenkte seinen übergroßen Dirigentenstab und die Musiker setzten sich in Bewegung. Sie schwenkten auf die Straße ein und marschierten, alle im Gleichschritt und ohne ihr Musizieren zu unterbrechen zum errichteten Podium. Sofort eilten Kinder an ihre Seite, die versuchten, im gleichen Schritt mit den Musikern zu marschieren. Aber auch so mancher Mann stampfte auf der Stelle im Takt der Schritte und im Takt der Marschmusik mit.

Gestern hatte es noch leicht geregnet, heute aber schien die Sonne, richtiges Paradewetter. Links und rechts des Podiums waren Vertreter der Waffengattungen aufmarschiert und standen in exakten Reihen.

(Und schwitzten vor sich hin.) Die Straße selbst war nur zum Teil vom Podium belegt, der Platz davor frei. Hier schritten nun die hohen Offiziere zu ihren Plätzen. Ihnen folgten die Vertreter der Regierung und des Parlaments. Und um alle wuselten Reporter. Eine besondere Herausforderung an die Hohen Repräsentanten war ein Fotograf. Mit seiner Kamera war er beauftragt, eine Daguerreotypie zu erzeugen. Trainierte Pressezeichner waren mit ihren Skizzen längst fertig, als der Fotograf immer noch mit den Vorbereitungen zu tun hatte. Und dann mussten alle auf dem Podium, die Soldaten rechts und links sowie die Militärkapelle vor dem Podium zehn Minuten stillstehen. Später aber war man begeistert: ein gestochen scharfes Abbild der Wirklichkeit dieser denkwürdigen Einweihung der Militärstraße. Der Fotograf hatte zuvor noch die Straße mit eine paar Gießkannen wässern lassen und nun glänzte sie auf der Photografie. Und um diese Straße, um den Asphalt auf ihr ging es ja auch!

Reden wurden gehalten. Das Militär begann bei Napoléon, der für seine Militärpolitik das französische Straßenwesen außerordentlich gefördert hatte. Das war ein eleganter Übergang zu Napoléon III., dem man die Förderung des jetzigen Straßenwesens in die Schuhe schob. Und in der Tat erging bald die Bitte der Militärs, eine Zentralstelle für das Straßenwesen einzurichten, ein Straßenkataster anzulegen, damit klar wurde, wem die Verantwortung über den Zustand der Straßen oblag. (Vertreter der Stadtverwaltung ahnten, dass Kosten auf sie zukommen würden, was sie nicht erbaute.) Um keine Fronde gegen das neue Straßenwesen zu provozieren, würde Lieutenant Martineau später die Eisenbahnverwaltung hofieren, indem den Straßen um die Bahnhöfe außerordentliche Beachtung geschenkt werden sollte. Dieses Geschick besaß er auch, indem er Polizei und Sanitätswesen erwähnte, die durch die asphaltierten Straßen Vorteile zu erwarten hätten. Noch aber musste man den nicht sehr erbaulichen Reden der Generale sowie anschließend des Vertreters der Regierung zuhören. Wieviel erquicklicher dann die Rede des Projektleiters.

„Meine Damen und Herren, insbesondere Offiziere und Soldaten! Können Sie sich noch erinnern, wie die Straßen im Sommer für die Truppe wirkt? Natürlich können Sie das, denn die allermeisten Straßen sind immer noch Sandstraßen oder makadamisierte Schotterpisten. Und nur, wenn eine Standesperson sich gegen den quälenden Staub echauffierte, ließ die Stadtverwaltung einen Sprengwagen kommen und für einen Moment legte sich der Staub. Hier aber…" Und mit großer Geste wies er auf die noch immer glänzende Straße. „…hier beginnt ein neues Zeitalter! Hier hält sich kein Staub, kein Schmutz. Auch der schale Geschmack des Abriebs vom Granitpflaster liegt nicht mehr auf unseren Zungen; sie sollten doch besser für einen lieblichen Bordeaux vorbehalten sein, oder für einen Calvados. (zustimmende Bewegung im Publikum)

Meine hochverehrten Herren, sehr geehrte Damen, wir bedanken uns…" (Und nun folgte die lähmende Aufzählung aller wichtigen und beteiligten Persönlichkeiten. Bemerkenswert nur, dass Martineau auch Madame la Présidente von der Fédération du Progrès de France geschickt einflocht.)

Obwohl die Zuhörer längst alle Vorteile des Asphalts kannten, wurden sie hier noch einmal aufgeführt. Aber auch das hatte der Redner mit den schwarzen Locken (in die sich so manche Frau schon verguckt hatte) geschickt arrangiert: er ließ Monsieur Asphalt (bei besonderer Betonung dessen Namens) diese Vorteile knapp, militärisch knapp, in die Versammlung rufen. Sehr geschickt. Die Geschwindigkeit, mit der eine Straßen asphaltiert werden kann. Die geringen Unterhaltskosten. (Beifälliges Nicken des Stadtrats.) Der geringe Rollwiderstand und daher leichte Transport. Der Fortschritt bei der Stadthygiene, da eine leichte Reinigung. Der erleichterte Zugang zu Fabriken und Wohnquartieren. („Niemand" rief Adolphe Asphalt und wies auf zwei beinamputierte Männer, hochdekoriert, „niemand muss mehr Sorge tragen, dass er über den schlechten Zustand der Straße stolpert!") die ansteigende Zahl der städtischen Bewohner, die immer weitere Wege zurückzulegen haben und denen es dennoch nicht schwerer fallen soll. (Zustimmung im hinteren Teil des Publikums)

Die Möglichkeit, bei einem nationalem Notstand, etwa bei massenhaftem Mangel an Arbeit, den Straßenbau als Notstandsmaßnahme einzusetzen. (Die Stirnen der städtischen Vertreter zogen sich kraus.) Und das Ganze mit einem Kredithaushalt über Jahrzehnte zu finanzieren. (Die Stirnen glätteten sich wieder; Wohlwollen breitete sich aus.)

Und dann lief Lieutenant Martineau zu Hochform auf. Er entwarf eine Vision des französischen Straßenwesens. „Auf unserer AVUS, unserer Außerordentlichen Versuchs- und Untersuchungsstrecke vor der Kaserne >> Napoléon Bonaparte << können alle sehen, wie die enormen Belastungen durch Soldaten, durch Pferde und Fuhrwerke, aber eben auch durch Kanonen und schwerste Munitionswagen sich auf die verschiedenen Untergründe ausgewirkt haben. Unbestreitbarer Sieger ist der asphaltierte Abschnitt! Ja, werden einige einwenden: Aber die Kosten! Gewiss, noch ist dies eine teure Straßendecke, aber die Wissenschaft, die Wirtschaft arbeitet an Lösungen. In Amerika hat man den Bitumen, den wir aus dem Elsass, ja, aus der Schweiz herankarren müssen, in den Vereinigten Staaten gewinnt man diesen Grundstoff aus dem Erdöl. Und ich kann Ihnen versprechen: Bitumen, den wir in tausenden Tonnen brauchen werden, wird billiger als Granitpflaster werden. Und so werden bald alle Straßen wie diese hier glänzen! Vive la France!" Und warf sein Militärkäppi in die Luft.

Da nun alle wussten, dass Schluss mit den Reden sein würde, warfen auch sie begeistert alles in die Luft, was sich werfen ließ. Vive la France!

Und dann war doch noch nicht Schluss mit den Reden. Die Militärkapelle spielte die Marseilaise. Ein Ordonnanzoffizier bekam noch einmal Ruhe in die Versammlung. Er hielt nämlich eine Platte hoch. Eine Kupferplatte, deren größter Teil geschwärzt war. „Das ist das Werkzeug dieses Mannes, einen Künstlers von Rang. Mit Asphalt bestreicht er die Kupferplatte und ritzt dann mit einem Stahlgriffel seine Zeichnung in den Asphalt. Mit einer Säure werden diese Linie in das Kupfer geätzt und fertig ist eine Druckvorlage. Hier…" Und er hielt nun ein Blatt Papier in die Höhe. „hier hat der Künstler Abzüge von diesem denkwürdigen Tag hergestellt. Das Verfahren ist brillant und er hat 100 Originalabzüge hergestellt." Pause. „Die die Armeeverwaltung jetzt alle verschenkt. Bitte sehr!" Nur wenn es Freibier gegeben hätte, wäre der Ansturm noch größer gewesen. Aber es war ein wunderschönes Ereignis, so wunderbar, dass die strenge, auf Ordnung und Disziplin achtende Armee auch Platz für die Anarchie des Augenblicks hatte. —

Während das Volk die (spiegelglatte) Straße in Besitz nahm, während einige zur Napoléon-Kaserne hinauswanderten, um die AVUS zu studieren, während dieser Auflösung formierte sich die militärische Führung. Man ließ die beiden Carrés Soldaten abmarschieren, die Kapelle weiterspielen und ging selbst in das Militärgelände zurück, um sich an mehreren festlichen Tafeln zu versammeln. Es wurde ausgiebig und gut gespeist. Und getrunken. Und zwischendurch wurden die beiden wichtigsten Männer des Projektes aufgerufen. Monsieur Martineau und Monsieur Asphalt standen neben dem ranghöchsten Militär und man bedankte sich nochmals und heftete einem jeden die Décoration de la Fidélité an. Martineau wurde vom Lieutenant zum Major befördert und Asphalt zum Adjudant-Chef.

Urlaub

„Mein lieber Martin, ich darf doch bei Ihrem schönen Namen bleiben oder muss ich jetzt immer salutieren?"

Martineau ergriff die Hand von Madame de Maizière und küsste sie. Er hätte noch viel mehr geküsst, aber Madame war hochgeschlossen.

„Das waren ereignisreiche Wochen. Aber wir haben alles erreicht, was wir in diesem Jahr erreichen konnten. Nun, ich nicht. Ich habe zwar diesen impertinenten Angriff des Legrand abwehren können und wir sind, wir beide, sind gestärkt aus dem Scharmützel hervorgegangen. Aber ich muss diesen Mann loswerden. Doch jetzt muss ich mich erst einmal ausruhen, stärken. Mein lieber Martin, ich werde in den Urlaub reisen. Sie haben gewiss noch Pflichten hier in Paris. Ich fürchte auch, dass Ihr, durch Ihre Uniform noch verbessertes, Aussehen einen vergrößerten Ansturm des weiblichen Geschlechts nach sich ziehen wird. So wird Ihre Freizeit bestimmt durch so manche Mademoiselle verschönert werden. Ich sagen also Au revoir. Und wir werden uns im Herbst wiedersehen."

„Nein, Madame Adeliz", und er nannte sie erstmals mit ihrem Vornahmen, „nein, nichts hält mich in Paris. Meine Arbeit ist getan. Ein Urlaub ist leicht zu erreichen. Auch ich möchte mich von der Anspannung befreien, die dieses Projekt, eigentlich Ihr Projekt, erforderte. Madame", und er machte ein etwas unglückliches Gesicht, „Sie werden an die See fahren oder ins Gebirge? Sie werden glücklichste Begleitung haben und Paris (und mich) vergessen. Jedenfalls für ein paar Monate. Ich werde trauern."

Mit Bewunderung schaute Madame de Maizière auf den schönen Mann. Keine ausgewählte Erziehung hatte er genießen können, aber die Form, in der er sich über ihren Urlaub erkundigte, war herzerwärmend. Gar nichts hatte Madame dagegen, dass Martin ebenfalls Urlaub nahm. Aber viel hatte sie dagegen, dass er traurig in Paris herumhängen musste, während sie in Maizières-lès-Metz etwas einsam auf ihrem Familienbesitz herumtrödeln würde. „Nein", sagte nun auch sie, „nein, ich werden nicht an die See fahren. Ich will einmal nach unserem Anwesen an der Mosel schauen. Und fände es wünschenswert, einen Begleiter

bei meinen Spaziergängen in den Weinbergen zu haben. Ich weiß, es ist eigentlich Sache des Mannes, bestimmte Aktivitäten zu starten. Aber angesichts meines Alters will ich mir erlauben, eine Frage zu stellen. Nein", sie zögerte gekonnt, „nein, es schickt sich trotzdem nicht. Gerade auch wegen meines Alters. Sprechen wir von etwas anderem…"

„Nein, Madame Adeliz, sprechen wir von unseren Urlauben. Wäre es denn so undenkbar, dass ich Sie auf Ihrer Reise begleite. Ich könnte noch darauf pochen, Ihr Assistent zu sein; Sie haben mich nicht entlassen. Und geradezu verpflichtet bin ich, da ja das von Ihnen gezahlte Salär pünktlich eintrifft. Können Sie auf Ihrer Reise auf ihren Assistenten wirklich verzichten? Doch nur, wenn in Maizières-lès-Metz Ihre Familie wartet oder wenigstens ein Verwalter Ihres Vertrauens.“

„Mein lieber, lieber Martin. Niemand wartet. Und Sie wären die liebste Begleitung. Aber …“ Sie zögerte. „Wie soll ich es sagen? Einem jungen Mann würde man ein Abenteuer schnell verzeihen, aber mir? Ich bin gezwungen, auf meinen Ruf zu achten. Ich würde Sie zu gern in mein Reiseetui einpacken und mitnehmen, aber wie würde man mich aufnehmen? Nein, es muss eine schöne Vorstellung bleiben.“

Martin ergriff beide Hände von Mme. de Maizière. Er schaute sich um, um das Terrain zu rekognoszieren. Die de Maizière ahnte, was folgen würde. Sie trat einen Schritt zurück, entzog aber nur eine Hand dem Mann. Und dann, wie ein Vorwurf, eine Abwehr, eine Frage nur das Wort „Martin.“

„Ja. Ich habe, unter Ihrer Obhut, das Projekt gemeistert. Trauen Sie mir doch zu, unsere gemein-same Reise als ein geschäftliches Unterfangen zu tarnen. Ich will alle Vorsicht walten lassen, dass kein Tagesauge Verdacht schöpfen kann. Doch des Nachts will ich die Frau, die den Asphalt auf ihrer Brust trägt, zärtlich umfangen. Bei Tagesanbruch bin ich fern Ihrem Bett, komme mit geschäftlichen Papieren nur ins Haus, halte mich auch ganze Tage fern. Vielleicht ist ja eine Reise in die Mienen des Elsass oder gar in die Schweiz sinnvoll. So könnten wir Angenehmstes mit Nützlichem verknüpfen. Adeliz, lassen sie uns unser Abenteuer fortsetzen. Lassen Sie uns zärtlich sein, und wild. Einfallsreich und stürmisch, sanft und liebevoll. Wir haben uns einander verdient.“

„Ach, Martin, Sie wissen nicht, was Ihre Worte in meinem Herzen auslösen! Es ist, ich zitiere Sie: Ein Unterfangen, aufs Innigste zu wünschen. Ich muss mich beruhigen. Ich gebe Ihnen Nachricht…“

Drehte sich und verschwand in Richtung einer Kutsche. Und Martin Martineau stand da und blickte ihr nach, wie sie den langen Rock hob, damit er nicht im Straßenstaub schleifte. Wie der Atlas des Rocks schillerte und in den verschiedensten Regenbogenfarben schimmerte. Wie sie ging, hinreißend. So kann nur eine Frau, eine selbstbewusste Frau, gehen. Und wie ihre dunkelbraunen Locken bei jeden Schritt wippten. Und wie, was er nicht sehen, aber sich vorstellen konnte, wie ihre Brüste gleichfalls bei jedem Schritt wippten.

Die Reise von Paris nach Maizières-lès-Metz wurde sehr gedehnt. Und in jedem Hotel, jedem Gasthaus wurden brav zwei Zimmer gebucht. Doch die Zimmermädchen wunderten sich, dass eines der Zimmer nie geputzt werden musste, nie sein Bett neu bezogen werden musste.

In Maizières-lès-Metz achteten beide sehr darauf den bürgerlichen Schein des zweiten Kaiserreichs zu wahren. Und sie waren meisterhaft. Und es entstanden kleine Schlachtpläne für die Fédération du Progrès de France. Und Listen, wie man schnell Bittsteller zu prüfen wusste. Damit die Fédération keinem Schwindler oder Unfähigem aufsaß, sondern zum Ruhme Frankreichs eine Neuerung nach der anderen unterstützen konnte.

Aber des Nachts entlud sich die schwer gezügelte Begierde. Und sie wäre es wert, in einer eigenen Geschichte erzählt zu werden. Denn es herrscht verbreitetes Unwissen, wie die Körper reifer Frauen aussehen, aber vor allem: wie sie empfinden. Und wie Begierde durch Erfahrung kultiviert aus zwei Menschen eine Gemeinsamkeit zu machen versteht. Aber es war Schweigen vereinbart.

* * *